Gabi Schmid

Sternschnuppen-Regen

Roman aus der Reihe

»Aus Träumen werden Geschichten«

Band 2 – Lexi und Christian

Copyright © 2014/2025 Gabi Schmid · gabi-schmid.de
Lektorat: Ursula Hahnenberg · buechermacherei.de
Covergestaltung: Corina Witte-Pflanz · ooografik.de
Autorenfotos: Nicole Geck · geck-fotografie.de
Bildnachweise: #220902484, #250375989, #274030105, #312397087, #372225023, #509983485, #800570506, #932221922, #228328778, #177954896, #732219210 | AdobeStock

ISBN: 978-3-8495-7050-7
1. Auflage (September 2014)
2. neu überarbeitete Auflage (März 2024)
3. Auflage (Februar 2025 – neue Cover)

Wie immer:

Für meine drei Männer;

ganz speziell für Dennis, meinen Träumer.

Wir werden bestimmt noch eine Sternschnuppe
für Dich entdecken!

Liebe Leser:innen,

auch im zweiten Band Sternschnuppen-Regen der Kurzroman-Reihe »Aus Träumen werden Geschichten«, geht es in Mittsingen rund.

Lasst Euch überraschen, ob es Christian gelingt, Nathalies Augenlicht zu retten, und ob er es außerdem schafft, Lexis harte Schale zu knacken.

Damit Ihr den Überblick nicht verliert, werde ich zukünftig alle wichtigen Charaktere in einer Personenbeschreibung zusammenfassen und von Band zu Band ergänzen. Diese Aufstellung, sowie den Stadtplan von Mittsingen, findet Ihr im Anhang.

Wieder sind alle Charaktere, Handlungen, Gegend und Gelän-de wie auch die Ortsnamen frei erfunden und bieten keinerlei Bezug zu wahren Begebenheiten.

Viel Spaß mit den Bewohnern von Mittsingen,

Eure Gabi Schmid

Mittsingen

Prolog

»Ich weiß nicht, aber an deiner Stelle würde ich Lexi heute Nachmittag besser aus dem Weg gehen.«

»Meinst du?« Pia Röcker stand an diesem Montagmorgen im Badezimmer ihres Elternhauses und ließ nun die Bürste sinken. Sie suchte über das Spiegelbild den Blick ihres Lebensgefährten, der hinter ihr stand, sich die Krawatte band und sie liebevoll anlächelte.

»Also ich wäre ernsthaft sauer auf dich, wenn ich hinterher erfahren würde, dass du Bescheid wusstest.«

Pia biss sich auf die Lippe und ihr ohnehin schon schlechtes Gewissen wurde noch verstärkt. »Verdammt! Aber Lexi würde niemals in diese Klinik gehen, wenn sie wüsste, dass er dort arbeitet.«

Sie zwirbelte ihr Haar zu einem lockeren Knoten zusammen, drehte sich zu Alexander um und rückte ihm den Krawattenknoten zurecht. Dann lehnte sie die Stirn an seine Brust und seufzte: »Ich weiß selbst, dass das nicht meine beste Idee war. Aber sag du mir, wie hätten wir sie sonst ins Krankenhaus bekommen sollen?«

Alexander zuckte ungerührt die Schultern.

»Oh Mann. Mir wird schlecht bei dem Gedanken, wie sie

sich wohl fühlt, wenn er plötzlich vor ihr steht.« Pia stieß geräuschvoll die Luft aus.

»Komm schon. Da musst du jetzt durch. Bis morgen hat sie sich dann bestimmt beruhigt.« Alexander schob den Zeigefinger unter ihr Kinn und hob ihren Kopf sanft an. »Sie wird dir schon nicht den Kopf abreißen. Vor allem dann nicht, wenn sich herausstellt, dass er Nathalie wirklich helfen kann.« Er musterte sie mit zusammengekniffenen Augen. »Irgendwie siehst du heute nicht sehr taufrisch aus.«

»Wie denn auch?«, fragte Pia und grinste ihn an. »Nach gestern Abend fühlt sich mein Kopf auch wie eine ausgequetschte Zitrone an.«

»Ich wollte schon immer mal Strip Poker ausprobieren.« Alexander unterdrückte ein Lachen. Er beugte sich zu ihr und küsste sie zärtlich. Pia neigte den Kopf und sah ihn gespielt grimmig an.

»Komisch ist auch nur, dass ich ständig verloren habe. Aber ich lasse Gnade vor Recht ergehen. Schließlich besteht man nicht jeden Tag sein Wirtschaftsprüferexamen und darf sich was wünschen.« Pia lächelte ihn jetzt wieder verschmitzt an und ignorierte das leichte Schwindelgefühl. »Mir ist wirklich nicht ganz wohl. Vielleicht nehme ich nachher eine Kopfschmerztablette.«

»Besser wäre, du würdest mal eine ausgiebige Mittagspause machen.« Alexander fuhr mit der Hand durch seine Locken und betrachtete Pia erneut mit einem besorgten Blick. »Seit Wochen arbeitest du pausenlos. Das geht nicht ewig gut.«

»Tabea kommt ja heute wieder. Dann bin ich endlich nicht mehr alleine im Fotostudio. Ich freu mich für sie, dass es mit der Wohnung so schnell geklappt hat. Durch den Umzug kann sie hier neu anfangen und Celle hinter sich lassen.«

»Ich freue mich auch – für dich.« Alexander drückte ihr noch einen Kuss auf die Nase und schickte sich an, das Bad zu verlassen. »Ich werfe jetzt mal Tobias aus den Federn.«

Während sie ihm hinterhersah, schüttelte sie – wie so oft in den letzten Monaten – staunend den Kopf.

Dieser Mann, den sie liebte wie nie einen anderen Mann zuvor, der sie so glücklich machte, sie zum Lachen brachte und mit dem sie über alles reden konnte, war eigentlich ihr bester Freund und ... ihr Stiefbruder.

Seit vier Monaten waren sie ein Paar und so glücklich, dass ihre beste Freundin Alexandra manchmal schmunzelnd den Kopf schüttelte und sie damit aufzog, dass sie dies schon lange geahnt hätte.

Mist, Lexi! Damit waren Pias Überlegungen schlagartig wieder bei ihrem größten Problem angelangt. Gemeinsam mit ihrer Nachbarin, der Ärztin Heidi Wartmann, hatte sie es eingefädelt, dass Alexandra heute mit ihrer Schwester einen Termin in der neurochirurgischen Abteilung im Kreiskrankenhaus in Eschingen hatte, die im Januar neu eröffnet worden war.

Aber – und das war die Krux an dieser Situation – Pia war klar, dass Alexandra niemals dorthin fahren würde, wenn sie wüsste, wer der Arzt war, bei dem sie mit Nathalie diesen Termin hatte.

»Großer Gott, die macht mich spätestens morgen einen Kopf kürzer«, murmelte sie. Dann eilte sie in die Küche, wo der Frühstückstisch schon gedeckt war und Alexander für Tobias gerade einen Kakao zubereitete.

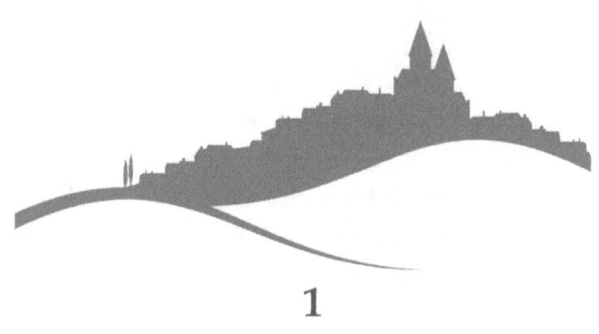

1

»Ich weiß gar nicht, was wir hier sollen!«

»Nathalie, bitte! Ich habe es dir in den letzten Tagen mehrmals lang und breit erklärt. Der Augenarzt sagte, er sei sich inzwischen sicher, dass es nicht am Auge liegt, und Heidi hat die gleiche Vermutung. Sie besteht darauf, dass wir dich von einem Neurochirurgen durchchecken lassen.« Alexandra Frey beantwortete die Frage leise und beherrscht, ohne den Blick von der Zeitschrift zu nehmen.

»Und woher will Heidi wissen, dass mir ausgerechnet hier jemand helfen kann? Wir sind doch nicht in einer Großstadt, sondern in Eschingen. Komplett in der Pampa!«

Alexandra versuchte, Geduld zu bewahren. »Weil es genau hier – in dieser Pampa – jetzt eine neurochirurgische Abteilung gibt. Pia hat uns doch den Artikel vorgelesen und ich diskutiere nicht mit dir, warum wir hier sind. Sei froh, dass wir überhaupt einen Termin bekommen haben.« Sie sah nun doch auf und schaute sich um. Im Wartezimmer, in dem sie an diesem Montagvormittag seit einer halben Stunde saßen, erkannte man sofort, dass alles nagelneu war. Die Wände waren strahlend weiß und noch völlig schmucklos. Es roch nach frischer Farbe und der Tisch war voll beladen mit druckfrischen Zeitschriften.

Etwas Kinderspielzeug und ein paar Kinderbücher könnten nicht schaden, erwachte sofort die Buchhändlerin in ihr. Schließlich versuchte eine junge Mutter soeben ein paar Plätze weiter, ein quengelndes Kleinkind zu beruhigen. Als Nathalie neben ihr abermals maulte, wandte sie sich wieder ihr zu. »Sieh her, der Professor ...«

»Ich weiß, ich weiß. Die Ärzte hier sind Spezialisten. Wir haben Dusel, dass wir einen Termin bekommen haben.« Nathalie seufzte. »Vielleicht haben wir ja einmal Glück und endlich findet jemand heraus, was mir wirklich fehlt. Aber weißt du was? Ich kenne die Antworten schon.«

In Nathalies Stimme schwang Bitterkeit mit, als sie die bisherigen Diagnosen herunterrasselte: »Sorry – das sind wohl Spätfolgen von deiner Schädelverletzung. Augendruck viel zu hoch – Durchblutung gestört. Wir können leider nichts machen, bla-bla-bla.«

Alexandras Herz sank mehrere Etagen tiefer, als sie das hörte. Sie legte den Arm tröstend um Nathalies Schultern, doch die war noch gar nicht fertig und beklagte sich weiter: »Alle paar Monate schleppst du mich zu einem anderen Arzt und keiner konnte mir bisher helfen. Ich hab kein Bock mehr!«

Einige der anderen Patienten, die im Wartezimmer saßen, blickten auf, und Alexandra sah sich einer genauen Musterung unterzogen. Sie wusste, was die Menschen dachten. *Ganz schön jung, um eine Tochter in diesem Alter zu haben.*

Doch Nathalie war nicht ihre Tochter, sondern ihre jüngere Halbschwester. Denn nicht Alexandra hatte so früh Kinder bekommen, sondern ihre Mutter war mit siebzehn schwanger geworden. Ein schöner Skandal war das in der schwäbischen Kleinstadt gewesen, doch ihre Mutter hatte sich niemals unterkriegen lassen und für sich und Alexandra ein wunderschönes Heim geschaffen; sie waren eine verschworene Gemeinschaft gewesen. Oftmals einsam, aber trotzdem zufrieden. Als Alexandra zehn gewesen war, hatte ihre Mutter Bernd Frey kennengelernt und ihn bald darauf geheiratet. Bernd hatte Alexandra daraufhin adoptiert und sie durfte seinen Namen annehmen. Zwei Jahre danach war Nathalie, dann weitere fünf Jahre später Daniel zur Welt gekommen und sie waren mit allen Höhen und Tiefen eine glückliche Familie gewesen. Bis zu jenem schicksalshaften Tag vor sechs Jahren, der alles veränderte.

Auch heute noch musste sie sich beherrschen, um den Groll gegen den Geisterfahrer zu unterdrücken, der nachts auf der Autobahn in das Auto ihrer Eltern gekracht war, die auf der Heimfahrt von einem Italienurlaub gewesen waren. Die Eltern waren sofort tot gewesen. Nathalie hatte ein schweres Schädel-Hirn-Trauma erlitten und nur der in seinem Kindersitz schlafende, damals fünfjährige Daniel war unverletzt geblieben.

Nur mühsam hatte sich Nathalie von den Folgen des Unfalls erholt und Alexandras eigenes Leben war mit ihren damals gerade zweiundzwanzig Jahren von einem auf den anderen Tag auf den Kopf gestellt worden.

»Ich gebe die Hoffnung nicht auf, dass dir doch noch ein Arzt helfen kann«, murmelte Alexandra. Sie streifte Nathalie, die ihrem Vater so ähnlich sah, eine Strähne aus der Stirn. Während sie selbst, rothaarig mit grünen Augen, ihrer Mutter nachkam, war Nathalies Haarfarbe fast schwarz, die Augen von dunklem Braun und mit ihren sechzehn Jahren war sie schon deutlich größer als Alexandra. Nathalie hob den Kopf und blickte sie mit ihren großen Augen an, die von langen, dunklen Wimpern umrahmt wurden und früher einmal so ausdrucksstark gewesen waren.

»Wer's glaubt, wird selig«, schnaubte Nathalie.

»Nathalie Frey, wenn Sie mir bitte folgen würden.« Eine Krankenschwester stand mit einer Akte in der Hand in der Tür und sah sich suchend im Wartezimmer um.

»Wir kommen.« Alexandra unterstützte Nathalie, indem sie ihre Schwester in die richtige Richtung dirigierte und gemeinsam folgten sie der Krankenschwester durch den langen Flur. An dessen Ende wartete eine junge Ärztin lächelnd vor der Tür des Behandlungszimmers und streckte schon von weitem die Hand aus.

»Hallo, Nathalie, ich bin Birgit Wahl, die Stationsärztin. Darf ich Du sagen?« Sie nahm der Krankenschwester den Ordner ab, schüttelte Nathalie die Hand und führte sie ins Zimmer. »Ich will mich kurz beschreiben, damit du weißt, mit wem du es zu tun hast. Ich habe dunkle Haare, braune Augen und bin geradezu ein Zwerg, wenn ich neben dir stehe. *Achtung!*« Die Ärztin führte sie um einen Stuhl herum. »Hier ist der Stuhl, du kannst dich setzen.«

»Danke.« Nathalie lächelte und tastete nach der Lehne. »Ist ja keine Kunst, kleiner zu sein als ich.«

Alexandra schmunzelte erleichtert. Die Ärztin hatte instinktiv genau den richtigen Ton getroffen.

»Stimmt, wie groß bist du? Eins-achtzig?«

»Eins-sechsundachtzig!« Nathalies Stimme klang nun

fest und stolz. »Früher hab ich Basketball gespielt – geht ja jetzt leider nicht mehr.«

»Nein, leider nicht.« Die Ärztin wandte sie sich an Alexandra, die sich im Hintergrund hielt. »Frau Frey, setzen Sie sich doch bitte. Wir müssen schon mal ohne Doktor Wartmann anfangen. Wir hatten einen Notfall.«

Alexandra stutzte bei der Erwähnung des Namens. Warum wollte Heidi Wartmann, die hier am Krankenhaus als leitende Notärztin arbeitete, unbedingt bei Nathalies Untersuchung dabei sein? So wie sie Heidi kannte, hatte die bestimmt selbst kaum einen Moment, um zu verschnaufen. Alexandra verscheuchte die Überlegungen und wandte ihre Aufmerksamkeit wieder der Ärztin zu, die Nathalie bereits nach ihren Daten befragte.

»Die Unterlagen des letzten Jahres habe ich alle vorliegen. Das habe ich noch einmal geprüft. Nur die vom Unfall fehlen mir noch. Ich habe diesbezüglich in Pforzheim noch einmal nachgehakt.« Die Ärztin blätterte in dem dicken Ordner und schlug dann eine Seite auf, auf der zahlreiche Notizen zu erkennen waren. »Der Unfall liegt im kommenden Sommer sechs Jahre zurück. Ich fasse alles zusammen, was wir bisher wissen: Schweres Schädel-Hirn-Trauma mit einem Hämatom linksseitig am Schläfenlappen, das operativ entfernt wurde. Keine Komplikationen während der Operation, die Nachbehandlung war ebenfalls unauffällig ...«

Alexandra ergriff das Wort: »Entschuldigung, dass ich Sie unterbreche, aber das stimmt so nicht ganz. Nathalie ist aus dem künstlichen Koma nicht gleich erwacht. Erst drei Wochen nachdem die Medikamente abgesetzt wurden, hat sie zum ersten Mal die Augen aufgeschlagen. Die Ärzte hatten allerdings keine Erklärung dafür.« Sie schluckte; ihr war die Zeit noch so gegenwärtig, als sei es gestern gewesen.

Birgit Wahl hörte aufmerksam zu und ergänzte die Unterlagen. Sie überlegte kurz und erklärte dann: »Das müssen wir mit den Anästhesisten klären. Doch zuvor brauchen wir einen dezidierten Befund. Laut dem letzten Bericht des Kollegen, hast du im rechten Auge seit April letzten Jahres komplett die Sehkraft verloren und nun hat sie auch im linken Auge schlagartig abgenommen. Ich hoffe, das ist korrekt? Nathalie, wie geht es dir denn so?«

»Beschissen!«

Die Ärztin runzelte besorgt ihre Stirn. »Das glaube ich dir. Kannst du noch irgendetwas erkennen?«

Nathalie schüttelte den Kopf. »Rechts sehe ich absolut nichts mehr. Links nur noch einzelne Bereiche. So, als ob ständig Nebel vor meinem Auge wäre.«

Alexandra bemerkte, wie Nathalie ihre Hand suchte, und kam ihr entgegen. Sie fühlte, wie Nathalies Hand die ihre fest umschloss, und drückte sie liebevoll.

»Wie hast du es denn bemerkt?«

»Ich hatte immer mal wieder Kopfschmerzen, dann merkte ich in der Schule, dass ich immer schlechter von der Tafel lesen konnte. Zuerst hab ich nichts gesagt, ich dachte, es geht von alleine wieder weg. Dann wurde es immer schlimmer. Ostern vor einem Jahr war rechts alles dunkel.« Nathalie wandte den Kopf zu ihr. Alexandra nickte und ergänzte dann: »Letzten Herbst fing es links an. Es wurde schleichend schlechter und schlechter. Momentan klagt Nathalie aber über keine weiteren Einschränkungen. Auch die Kopfschmerzen halten sich in Grenzen.«

Birgit Wahl nickte und notierte alles mit. Einige Zeit verstrich, bis sie alle Fragen der Ärztin beantwortet hatten. »Wir haben den Fall im Team bereits besprochen. Wir vermuten, dass das Problem nicht von den Augen, respektive vom Unfall kommt, sondern vermuten, dass etwas auf die Sehnerven drückt. Um das herauszufinden, werden wir jetzt gleich eine Kernspintomographie machen. Es könnte sich um einen Tumor handeln.«

Die Ärztin beruhigte Nathalie, die erschrocken nach Luft geschnappt hatte, und erklärte ruhig, was genau auf sie zukommen würde. Alexandra merkte mit jedem Satz, dass sie hier genau richtig waren. Endlich gab es wieder einen, wenn auch klitzekleinen, Hoffnungsschimmer am Horizont.

Christian Wartmann konnte nicht genau sagen, wie lange er schon vor der Zimmertür stand und diese anstarrte. Patienten, Besucher und Pflegepersonal liefen beständig im kahlen Krankenhausflur hinter ihm vorbei. Schuhe quietschten auf dem nagelneuen Linoleum. Türen knallten und ab und zu waren laute Stimmen zu hören. Doch nichts nahm er wahr, außer einem sehr mulmigen Gefühl in der Magengegend.

Ihm war bewusst, dass er sich ziemlich dämlich anstellte.

Ebenso wusste er, dass sich seine Wege über kurz oder lang sowieso mit denen von Alexandra gekreuzt hätten. Es war an sich schon ein Wunder, dass er sie in den Wochen, in denen er nun wieder in Deutschland war, noch nicht getroffen hatte.

Und er ahnte, dass es nicht die einzige Begegnung in den nächsten Tagen sein würde. Also sollte er jetzt da hineingehen, um, von der Vergangenheit unbelastet, Nathalie und Alexandra die Möglichkeiten einer Behandlung zu erklären. Natürlich immer vorausgesetzt, dass es sich tatsächlich um einen Tumor handelte.

Dennoch zögerte er erneut – er konnte einfach nicht einschätzen, wie Alexandra reagieren würde, wenn er ihr so unvermittelt wieder gegenüberstand.

Alle Spekulationen waren sinnlos. Es blieb ihm nur eine Möglichkeit, es herauszufinden. Er musste jetzt da rein und sich seiner Vergangenheit stellen.

Und seiner großen Liebe!

Er konnte noch heute das Gefühl bis ins kleinste Detail beschreiben, das ihn erfasst hatte, als er Alexandra vor acht Jahren das erste Mal in die Augen geblickt hatte: Wie ein Feuerwerkskörper waren Gefühle explodiert und hatten sich strahlenförmig ausgebreitet. Ein einziger Blick von ihr hatte genügt, um in ihm diese Gefühlsrakete zu zünden. Alexandra war damals zwanzig gewesen, er vier Jahre älter und schon kurze Zeit danach so verknallt, dass ihm später jeglicher Verstand abhanden gekommen schien. Anders konnte er sein damaliges Verhalten, das schließlich zur Trennung geführt hatte, nicht mehr erklären.

Christian schloss die Augen, atmete konzentriert ein und aus und ...

»Ist alles in Ordnung, Doktor Wartmann?« Die Oberschwester eilte auf ihn zu und musterte ihn gründlich von Kopf bis Fuß. »Sie stehen schon zehn Minuten vor der Tür.«

Ach, du ahnst es nicht! Christian blickte auf die Uhr und erschrak. »Alles klar. Ich war nur irgendwie immer noch geistig im OP«, redete er sich schnell heraus.

»Nun ja, ich denke trotzdem, Sie sollten Frau Doktor Wahl nicht ewig warten lassen.« Der Ton der Oberschwester ließ keinen Widerspruch zu.

»Sehr wohl, Frau General«, murmelte er, öffnete leise die Tür und trat ein.

»Aber ist das nicht gefährlich, ein Tumor im Kopf?«, fragte Nathalie in diesem Moment seine Kollegin, als er einen ersten Blick auf die Personen im Zimmer erhaschte. Da ihn keiner bemerkt hatte, blieb er stehen, wo er war.

Da saß sie – Alexandras feuerrote Haare leuchteten im Sonnenlicht und die Korkenzieherlocken fielen ihr knapp auf die Schultern. Er registrierte, dass sie eine Brille trug und er schluckte, als er ihre eingesunkenen Schultern entdeckte und erkannte, dass die Schwestern die Hände umklammert hielten.

Sein Blick wanderte weiter – Nathalie saß kerzengerade, gespannt wie eine Feder da und lauschte den Ausführungen seiner Kollegin sehr aufmerksam. Sie wirkte im Sitzen sehr groß und ihre ehemals kurzen Haare fielen ihr heute den Rücken hinab – sie war eine junge Dame geworden. Eine reizende junge Dame, wie er erkannte, als sie den Kopf drehte und er ihr Gesicht sehen konnte.

»Nun, ich will ehrlich sein.« Birgit Wahl hatte ihn entdeckt und nickte ihm unmerklich zu, unterbrach aber ihre Erklärungen nicht. »Ungefährlich ist es nicht. Aber noch wissen wir weder, ob es ein Tumor ist, noch um welche Art es sich handelt oder wo genau dieser sitzt. Wir müssen die Untersuchungen abwarten. Viele Tumore können wir entfernen und du könntest vielleicht wieder sehen. Anschließend kämst du noch ein paar Wochen in Reha. Versprechen kann ich aber noch nichts. Wie gesagt, der erste Schritt wäre heute das MRT, danach setzen wir uns noch einmal zusammen.«

»Wenn es ein Tumor wäre, könnten wir aller Wahrscheinlichkeit nach wenigstens das zweite Auge retten«, mischte er sich ein und ließ Alexandra dabei keine Sekunde aus den Augen.

Mit allem hatte er gerechnet, aber nicht mit der Eiseskälte, die sich in Alexandras Augen abzeichnete, als sie den Kopf herumriss, sobald sie seine Stimme hörte.

Und mitnichten hatte er mit seiner Reaktion gerechnet: In der Region zwischen Herz und Magen startete eine allzu bekannte Gefühlsrakete ihren Höhenflug. Flog höher und höher und die Liebe, von der er nicht geahnt hatte, dass sie noch in ihm schlummerte, explodierte in einem Meer von Farben und Glitter.

Doch dieser Glücksmoment konnte die bittere Erkenntnis nicht verdecken, dass Alexandras letzte Worte an ihn keine leere Drohung gewesen waren: »Wenn du wirklich ernsthaft glaubst, ich würde dich nicht genug lieben, dann werde ich kein Wort mehr mit dir wechseln!«

Sie würde genau das wahrmachen!

»Darf ich Ihnen unseren Oberarzt vorstellen?« Birgit Wahl deutete auf ihn.

Er kam nicht umhin, Alexandras Selbstbeherrschung zu

bewundern, mit der sie ihn weiterhin mit frostigem Blick taxierte, ihre Handtasche schnappte und im Aufstehen verkündete: »Steh auf, Nathalie. Wir haben hier nichts mehr verloren.«

Eiskalt war vielleicht ihr Ton – aber in Alexandras Inneren sah es ganz anders aus. Sie hatte schon erstaunt nach Luft geschnappt, als Birgit Wahl so hoffnungsvoll von einer Chance gesprochen hatte. Doch bei dieser allzu bekannten, tiefen Stimme hinter ihrem Rücken war ihr komplett die Luft weggeblieben. Und, ohne dass sie es verhindern konnte, hatte sich ihr Kopf in Richtung der Stimme bewegt.

Ihre zweite Reaktion war augenblicklich aufzustehen, ihre Jacke von der Lehne zu nehmen und nach ihrer Handtasche zu greifen. Sie strebte zur Tür und zog Nathalie unsanft mit sich. Doch Christian setzte sich genauso schnell in Bewegung und verstellte ihr den Weg.

»Lass uns durch!«, zischte sie leise.

»Was ist denn?« Nathalie sah sie verständnislos an.

»Wir gehen!« Alexandra schlüpfte in ihre Jacke. »Vielen Dank, Frau Doktor Wahl, aber dies hier ist nun keine Option mehr für uns.«

»Lexi, ich bitte dich!« Christian hielt Nathalie zurück.

»Was geht hier vor?« Birgit Wahl sah verständnislos von einem zum anderen.

»Lass sie los, Christian.« Alexandra musste sich beherrschen, nicht wütend auf ihn loszugehen.

Nathalie drehte sich zu ihr um und begehrte energisch auf. »Lexi, was soll das? Erst schleppst du mich hierher, und wenn sich ein Lichtblick zeigt, dann gibst du auf? Warum?«

»Ja, warum? Lexi, wir können Nathalie vermutlich helfen und hier geht es einzig und allein um sie.«

»Wer ist das?« Nathalie streckte den Kopf nach vorn, ihre typische Haltung, wenn sie verzweifelt versuchte, etwas zu erkennen. Alexandra wurde schmerzhaft bewusst, dass es hier wirklich nicht um sie ging. Nathalie fragte leise: »Wieso nennt der Doktor dich Lexi?«

Christian ließ Alexandra erst gar nicht wieder zu Wort kommen. »Wir kennen uns, Nathalie. Ich bin Christian Wartmann, Heidis ältester Sohn.«

»Christian Wartmann! Okay, das war's dann wohl!« Nathalie tastete nach ihrer Jacke. Alexandra bemerkte erfreut, dass ihre Schwester augenblicklich in den Verteidigungsmodus schaltete. Nathalie war so jung gewesen, als Christian sie von heute auf morgen verlassen hatte, und doch hatte sie offenbar viel mehr mitbekommen, als Alexandra je vermutet hätte.

Plötzlich hielt Nathalie inne und schien zu überlegen, »Kannst du mir wirklich helfen?«

»Ich schätze schon. Aber dazu müssen wir dich erst gründlich untersuchen.« Christians Stimme klang angespannt und rau.

Was nun? Alexandra schwieg, nutzte aber die Zeit, um sich zu sammeln und ihre Wut unter Kontrolle zu bringen. Vor ihren Augen entstand das Bild eines wütenden Christian, der ihr eine qualvolle Entscheidung abforderte. Und genau dieses Gefühl von Enttäuschung nutzte sie, um ihr lahmgelegtes

Denkvermögen wieder zu aktivieren und eine für alle vernünftige Entscheidung zu treffen. Hier ging es ausschließlich um Nathalie, nicht um ihre eigenen Befindlichkeiten!

Während Christian auf Nathalie einredete, betrachtete sie ihn, wie sie hoffte, mit kühlem Blick.

Christian sah anders aus als früher, männlicher und er kam ihr breiter und kräftiger vor. Seine hellblauen Augen, die sie nur kurz streiften, während er Nathalie die Jacke wieder abnahm, zogen wie magisch ihren Blick an. Alexandra kam sich vor, als wäre sie in Hypnose gefangen. Der Zauber, der schon immer von ihm ausgegangen war, fing sie direkt wieder ein.

Stopp! Sie riss den Blick los, straffte sich innerlich wie äußerlich und ergab sich ihrem Schicksal, als Nathalie sie nachdrücklich bat: »Bitte, Lexi. Setz dich wieder. Ich möchte wenigstens die Untersuchungsergebnisse abwarten. Danach müssen wir sowieso überlegen, was wir tun und ob ich überhaupt den Mut für so eine Operation habe. Aber das besprechen wir zu Hause.«

Konnte es sein, dass Nathalie momentan viel vernünftiger war als sie selbst? Langsam schaltete ihr Denkvermögen von Zeitlupe wieder in den Normalmodus. Sie biss die Zähne zusammen und lenkte ein. »Du hast recht. Warten wir die Ergebnisse ab.«

Insgeheim seufzte sie erleichtert auf. Ihre Stimme klang völlig normal, obwohl sie sich in Christians Anwesenheit alles andere als normal fühlte. Plötzlich wünschte sie sich, sie hätte heute Morgen etwas Schickeres als ihre Jeans und einen ausgeleierten Wollpulli angezogen. Aber Mode war noch nie ihre Stärke gewesen, sie schminkte sich selten und war auch bei der Arbeit im Buchladen nie nach dem letzten Schrei gekleidet. Außerdem fehlte ihr das nötige Kleingeld für solche Sprünge, alles war eben heute anders als zu den Zeiten ihrer Liebe. Einer Liebe, die keine sehr große gewesen sein konnte, jedenfalls nicht von seiner Seite.

Naiv wie sie gewesen war, hatte sie während der Freundschaft mit ihm schon heimlich von einer Hochzeit geträumt und in Gedanken war Heidi Wartmann schon ihre Schwiegermutter gewesen. Christian hatte alles von ihr gewusst, hatte mit ihr von einer Zukunft geträumt und war dann im erstbesten Moment abgehauen, als es darum ging, die Träume erst mal aufzuschieben und sich dem wahren Leben zu stellen.

»Lexi, ist das für dich wirklich okay?« Die leise, aber nur für sie erkennbar beunruhigte Stimme ihrer Schwester riss sie aus ihren Gedanken.

»Klar. Hier gibt es einen Hoffnungsschimmer, also sollten wir ihn nutzen.«

»Ich verstehe zwar nicht, um was es hier gerade geht, aber wir sollten gehen. Ich habe die Untersuchung für elf Uhr angemeldet.« Birgit Wahl schob nun alle Unterlagen ordentlich zusammen.

»Nur eine kurze Frage noch, Frau Doktor Wahl. Gibt es irgendwo noch andere Ärzte, die uns helfen könnten?«

»Vermutlich schon, aber nicht hier in der Nähe. Sie müssten in eine Uniklinik. Tübingen beispielsweise.« Birgit Wahls Antwort wurde begleitet von einem verwunderten Blick.

»Ich will aber nicht in eine andere Klinik!«, begehrte Nathalie auf.

»Lexi, sei doch froh, dass es hier diese neue Abteilung

gibt. Wir könnten ihr wirklich helfen.« Christians Ton war nachdrücklich, aber unüberhörbar eine Spur reservierter. »Können wir dann?«

Alexandra schenkte ihm weiterhin keine Beachtung. Sie wartete auf Nathalie, die aufstand, und half ihr mit ihrer Jacke. Unauffällig versuchte sie, ihre Gedanken zu sortieren. Irgendwie war ihr die ganze Sache von Anfang an komisch vorgekommen. Der Anruf von Heidi aus heiterem Himmel, der plötzlich freie Termin, und sie hatte ganz naiv an eine glückliche Fügung gedacht.

Von wegen – alles war ein abgekartetes Spiel, aber nicht mit ihr! Erst jetzt wurde ihr klar, dass sie blindlings in eine Falle gelaufen war.

Irgendwie fühlte sie sich völlig überfordert mit der Tatsache, dass sie so unerwartet Christian wiedergetroffen hatte. Wenn es nun auch noch so sein sollte, dass ausgerechnet er der Arzt war, der Nathalie helfen konnte, dann mussten ihre Aversionen gegen ihn erst mal ganz weit hinten anstehen.

»Lexi, ist alles klar?«, flüsterte Nathalie erneut.

»Geht schon.« Lakonisch beantwortete sie die Frage und starrte auf den breiten Rücken vor ihr, den sie samt seinem Besitzer am liebsten auf den Mond geschossen hätte!

2

»Noch vier, drei, zwei, ein Basic, dann vier Kneelift. Haltet durch. Das Lied ist gleich zu Ende und damit auch die Stunde.« Alexandra war kaum bei der Sache, während sie automatisch die Step-Kommandos gab, die in der großen Sporthalle in Eschingen laut nachhallten.

»Jetzt nochmal beißen. Die letzte Minute läuft. Mädels, gleich habt ihr es geschafft.« Alexandra betrachtete ihre schweißgebadeten Teilnehmer der Reihe nach. Als sie an Heidi hängenblieb, fror ihr Lächeln ein.

Die unerwartete Begegnung mit Christian ging ihr nicht aus dem Kopf. Und ihre Reaktion erst recht nicht. Dabei sollte sich nach sechs langen Jahren endlich mal die Wut auf ihn gelegt haben. Doch ihr Unterbewusstsein schien ihr einen Strich durch die Rechnung zu machen. Schließlich hatte sie wahrhaftig alles getan, um nicht über die große Enttäuschung, die er ihr versetzt hatte, nachzudenken. Und bis vor ein paar Wochen hatte das auch tadellos geklappt. Erst als Anfang Januar die Einladung zur Hochzeit von Christians Schwester Svea ins Haus geflattert war, war ihr klar gewesen, dass sie Christian zwangsläufig dieses Jahr wiedersehen würde. Sie konnte sich nicht vorstellen, dass er die Hochzeit seiner

Schwester versäumen würde. Aber sie hatte darauf vertraut, ihm dann großräumig aus dem Weg gehen zu können.

»Und, wie war's?« Kaum hatte Alexandra die Kursstunde für beendet erklärt, tauchte Heidi, noch völlig außer Atem und verschwitzt, neben ihr auf.

»Wie wird es wohl gewesen sein?« Alexandra drückte eine Taste ihres CD-Players, nahm die CD aus dem Schacht und schob sie in die Hülle.

»Ja, wie jetzt?« Heidi schnaubte. Sie war eine drahtige Mittfünfzigerin, deren kurze, grauen Haare wie üblich igelartig vom Kopf abstanden. Wie die Frisur stand die ganze Frau pausenlos unter Strom, sie gönnte sich kaum eine Pause, auch dann nicht, wenn sie ausnahmsweise mal keine Bereitschaft in ihrem sowieso schon anstrengenden Beruf als Kinder- und Notärztin hatte.

»Es ist vermutlich ein Hypophysenadenom direkt vor der Sehnerv-Kreuzung, am Chias... – Chiasma op...«

»Chiasma opticum. Kann Christian operieren?«

»Sie müssen erst noch weitere Untersuchungen machen«, murmelte Alexandra. Sie kramte in ihrer Tasche, damit sie Heidi nicht ansehen musste.

»Lexi, bitte. Jetzt lass dir nicht alles aus der Nase ziehen. Hast du Christian gesehen?«

»Ja, hab ich. Danke, dass du es mir so schonend beigebracht hast.« Sie konnte sich die sarkastischen Worte nicht verkneifen.

Heidi zuckte zusammen. »Was hätte ich tun sollen? Ich ... wir ...«

»Wer wir? Ich fasse es nicht! War Pia etwa auch eingeweiht?« Alexandra hielt die Luft an, als ihr dämmerte, dass selbst ihre beste Freundin im Bilde gewesen war. Sie starrte Heidi Wartmann an.

»Äh – ja, Pia wusste davon. Aber wärst du hingegangen, wenn du gewusst hättest, dass Christian aus Texas zurück ist und nun dort arbeitet?«

»Sicher nicht!«

»Siehst du. Also wie geht es weiter?«

»Frag doch deinen Sohn!«, blaffte Alexandra.

»Lexi, ich bitte dich.«

»Eigentlich sollte ich kein Wort mehr mit Pia und dir reden.« Alexandra riss sich zusammen. Sie konnte die Beweggründe der beiden sogar sehr gut nachvollziehen, trotzdem fühlte sie sich hintergangen.

»Ach was!« Heidi wischte ihren Einwand mit einer knappen Handbewegung weg. »Schließlich war es ja wohl ein Erfolg für Nathalie. Also spann mich nicht länger auf die Folter!«

»Das ist trotzdem keine Entschuldigung.« Alexandra knirschte mit den Zähnen. »Na gut. Links besteht noch Hoffnung, rechts sieht es nicht so gut aus. Der Tumor sitzt mehr auf der rechten Seite, hat sich nun aber auch nach links ausgebreitet. Christian hat mir die Bilder gezeigt. Der rechte Sehnerv ist wohl für immer geschädigt. Ich soll Nathalie am Montag erneut ins Krankenhaus bringen. Sie wollen noch ein paar Tests machen, bevor sie entscheiden, wie und wann sie operieren wollen.«

»Wenn jemand Nathalie helfen kann, dann ist er es. Das ist genau sein Spezialgebiet.«

»Ich hab's befürchtet. Er hat uns ziemlich viel Hoffnung gemacht.«

»Das ist doch toll.« Heidi tätschelte ihre Schulter und mit der anderen fuhr sie sich durch ihre eh schon wirren Haare. »Und wenn es so sein soll, dass es ausgerechnet Christian ist, der Nathalie helfen kann, dann ist es halt in Gottes Namen so.«

Alexandra ignorierte den Einwand. »Nathalie kann dann aber wahrscheinlich nicht zur Hochzeit kommen. Frau Doktor Wahl hat etwas von einer Reha gesagt, in die Nathalie gleich anschließend gehen soll. Kannst du Svea ausrichten, dass dann vermutlich nur Daniel und ich kommen werden?«

»Erinnere mich bloß nicht an diese Hochzeit.« Heidi wischte den Einwand mit einer Handbewegung beiseite. »Einer mehr oder weniger ist eh egal. Aber bis Ende April müsste sie längst wieder fit sein. Nun ja, wir warten mal ab. Viel wichtiger ist doch, dass wir jetzt wissen, woran Nathalie wirklich leidet, und dass es Hoffnung gibt.«

»Das wäre in der Tat ein absoluter Traum, wenn sie wieder sehen könnte.« Alexandra schloss sekundenlang die Augen. Wie oft war sie nachts wachgelegen und hatte sich gefragt, wie sie Nathalie helfen konnte? – Und jetzt war vielleicht endlich Rettung in Sicht.

»Heidi, könnte Nathalie bei der Narkose ein Problem bekommen?«

»Inwiefern? Weil sie damals so lange im Koma lag? Das kann ich mir nicht vorstellen, aber darüber müsstest du mit den Anästhesisten reden.«

»M-hm. Erst muss Nathalie entscheiden, ob sie die Operation wirklich will, sofern diese denn überhaupt möglich ist. Sie ist alt genug, ich möchte ihr da weder zu – noch abraten.

Ich kann ihr nur anbieten, dass ich zu ihr stehe. Egal, wie sie sich entscheidet.«

»Geht es dir gut?« Heidi legte jetzt die Hand auf Alexandras Kinn und zwang sie, ihr endlich in die Augen zu sehen.

Bei ihrer zerknirschten Miene musste Alexandra lachen. »Natürlich geht es mir gut. Heidi, es ist sechs Jahre her. Dein Herr Sohn kann mich mal kreuzweise. Entschuldige. Aber er hat sich nun mal wie ein Arsch benommen.«

Heidis Schultern sackten nach unten. »Ich hab doch auch nie verstanden, warum Christian so reagiert hat. Er war so sauer und frustriert, als du den Flug endgültig storniert hast.«

»Was hätte ich sonst tun sollen? Nathalie und Daniel vielleicht in ein Heim geben, damit ich in Texas in Ruhe mein Studium fertigmachen kann? Genau das hat dein Herr Sohn nämlich von mir verlangt.«

»Er hatte ein Stipendium.«

»Das hatte ich auch und ich habe es sausen lassen. Ich habe nie darauf bestanden, dass er wegen uns hierbleibt. Ich wollte nur ein bisschen Verständnis für meine Situation. Zwei Jahre Trennung sind keine Ewigkeit. Andere Paare stehen längere Durststrecken durch. Aber er hat mich ja knallhart vor die Wahl gestellt – er oder meine Geschwister.«

Heidi schnappte nach Luft. »Das wusste ich nicht.«

»Ich bin damit ja auch nicht gerade hausieren gegangen. Heidi, ich bin dir wahnsinnig dankbar dafür, was du in den letzten Jahren für uns getan hast. Aber Christian und ich, das ist vorbei – schon lange! Mach dir also keine Gedanken.« Im Leben nicht würde sie zugeben, dass die Begegnung mit Christian sie total aufgewühlt hatte.

»Er ist ja sowieso ...« Heidi verstummte plötzlich.

»Was ist er?« Alexandra, die den Reißverschluss ihrer Sporttasche zuzog, blickte nach oben.

»Er ist verheiratet«, murmelte Heidi und kramte ihrerseits in der Tasche.

Alexandra verspürte einen dumpfen Stich in ihrer Herzgegend, den sie aber ignorierte. »Was ist dann das Problem?«

»Nichts. Ich wollte ja nur, dass du dir ...« Wieder sprach sie nicht aus, sondern wischte die Worte mit einer ungeduldigen Handbewegung weg. »Ach, vergiss es einfach.«

»Gut, dann sind wir uns ja einig« Alexandra zog ihre Jacke an, schnappte ihre Tasche und kramte den Autoschlüssel aus der Tasche. »Warum hast du daraus eigentlich so ein Geheimnis gemacht? Dass er verheiratet ist«, ergänzte sie, als sie Heidis fragenden Blick sah.

»Ich wusste nicht, ob du ein Problem damit hättest.«

»So ein Quatsch! Er kann sein Leben verbringen, wie er will und mit wem er will, solange er mich in Ruhe lässt.«

»Siehst du, du bist insgeheim noch immer sauer auf ihn.«

»Stopp, Heidi! Mach mal einen Punkt! Ja, er hat mir damals wehgetan, aber heute ist heute und ich habe schon jahrelang keinen Gedanken mehr an ihn verschwendet.« Alexandra war froh, dass sie bei dieser nicht ganz ehrlichen Antwort nicht rot anlief.

»Aber ... du hast nie mehr von ihm geredet, also habe ich besser auch nichts von ihm erzählt und Pias spitze Zunge wollte ich geflissentlich nicht herausfordern. Sie lässt sowieso kein gutes Haar mehr an Christian.«

Alexandra konnte ein Grinsen nicht unterdrücken.

»Tja, ich bin sicher, sie wird ihm noch die Meinung geigen, wenn sie ihm gegenübersteht. Willst du mitfahren?«, fragte sie und deutete auf den Ausgang.

»Okay – verstanden. Thema beendet.« Heidi schulterte ebenfalls ihre Tasche. »Gern würde ich mitfahren, aber nur bis zur Schule. Ein kleiner Spaziergang wird mir guttun.«

Sie kam nicht zur Ruhe. Selbst nach einer erfrischenden Dusche und einem Glas Roséwein tigerte Alexandra nervös und aufgedreht im Wohnzimmer auf und ab. Schließlich gab sie der Versuchung nach, stieg die Treppenstufen hinauf ins Dachgeschoss und öffnete nach einem kurzen Zögern die Tür. Sie pustete eine Spinnwebe zur Seite, die in die Türöffnung hing, und tastete nach dem Lichtschalter.

»Ich sollte hier oben dringend mal saubermachen«, murmelte sie und blickte sich kurz um. Sie wusste genau, wo sie suchen musste und bahnte sich einen Weg durch die Kartons, die immer noch die Habseligkeiten der Eltern enthielten. Schließlich stand sie ganz hinten in einer dunklen Ecke. Sie nahm den obersten Karton und stellte ihn auf den Boden, der nächste folgte, doch dann zögerte sie wieder. Wehmütig sah sie den Karton an, in den sie vor langer Zeit all ihre Schätze und Träume verbannt hatte.

Alle hatten zu ihrem achtzehnten Geburtstag zusammengelegt, um ihr endlich das heißersehnte Teleskop zu schenken. Aber seit dem Unfall ihrer Eltern hatte sie es nicht mehr benutzt.

»So ein Quatsch! Ich hatte nur nie Zeit dazu«, beruhigte sie sich selbst. Sie pustete die Staubschicht von dem Karton und öffnete ihn. Als sie stapelweise Bücher und die längliche Verpackung erblickte, atmete sie tief ein. Sie hob die Packung heraus und klappte sie bedächtig auf. Vorsichtig entfernte sie das Baumwolltuch und strich ehrfürchtig über den Teleskoptubus. Die dunkelblaue Farbe schimmerte im Dämmerlicht genau so, wie sie es in Erinnerung hatte.

Sie klappte den Deckel wieder zu, suchte im Karton noch nach einem bestimmten Notizbuch und, nachdem sie alles wieder eingeräumt hatte, nahm sie beide Sachen mit nach unten und legte alles auf den Küchentisch. Sie schaltete den Wasserkocher an, füllte Tee ab und stellte alles bereit. Während sie darauf wartete, dass das Wasser kochte, öffnete sie den Karton erneut.

Sie nahm zuerst das Stativ heraus, klappte es auf und stellte es auf den Boden. Dann folgte die Montierung, die sie verschraubte, ohne dass sie die Anleitung zu Rate ziehen musste. Danach folgten die Prismenschiene, die Rohrschellen und schließlich die Elektronik. Alle Handgriffe saßen, als ob sie es täglich auf- und abgebaut hätte. Dann befestigte sie die Gegengewichte und nahm behutsam das dunkelblaue Rohr aus der Styroporverpackung, legte es in die Schellen und schraubte es fest.

Anschließend betrachtete sie ihr Werk und stieß einen zufriedenen Seufzer aus.

»Was machst du denn da?« Nathalie stand an die Küchentür gelehnt. Wieder einmal bewunderte Alexandra, wie schnell Nathalie gelernt hatte, sich auf die Sinne des Hörens, Riechens und Fühlens umzustellen. Auch wenn noch ab und zu ein Malheur geschah, weil sie ein Hindernis falsch berechnete, kam sie problemlos in dem zweistöckigen Haus zurecht.

Ein Haus, das dringend einer Renovierung unterzogen werden musste, wie sie nicht zum ersten Mal feststellte, als ihr Blick auf die vergilbte Tapete fiel. Aber bisher hatte sie sich geweigert, die letzten Spuren der Eltern zu beseitigen, die doch ohnehin immer in ihren Herzen sein würden.

Die letzten Jahre hatte sie nichts anderes gemacht als gearbeitet, die Geschwister versorgt und versucht, ihnen allen das Zuhause zu ersetzen, das sie verloren hatten. Das war ihr gelungen, aber ihr eigenes Leben war auf der Strecke geblieben.

Wann hatte sie sich einen Abend mit Freunden gegönnt? Wann hatte sie sich mit einem Mann verabredet?

»Nathalie an Lexi. Das sehe sogar ich, dass du träumst.« Nathalie fuchtelte mit der Hand vor ihrem Gesicht herum.

»Sorry, aber ich dachte gerade, dass wir dringend Küche und Wohnzimmer renovieren sollten.«

»Wenn du meinst. Aber was ist das?« Nathalie deutete in ihre Richtung.

»Mein Teleskop. Ich habe es zusammengebaut. Wolltest du nicht ins Bett gehen?« Alexandra öffnete die Terrassentür und stellte das Teleskop auf die Holzdielen, dann ging sie zur Spüle und füllte das heiße Wasser in die Kanne.

»Ich bin nicht müde. Danke der Nachfrage. Kann ich auch einen Tee haben?« Nathalie umkurvte den Tisch und kam näher. »Ich bin viel zu aufgewühlt. Mir dreht sich der Kopf von den vielen Erklärungen von heute Morgen. Außerdem habe ich tierisch Schiss vor der Operation.«

»Oh, Nathalie. Komm, hol unsere Jacken, dann setzen wir uns raus. Ich will das Teleskop testen und wir reden darüber.«

»Jetzt? Lexi, es ist arschkalt!«

»Aber wolkenlos und ein herrlicher Himmel. Sei kein Frosch, mach schon.«

Zehn Minuten später saßen sie nebeneinander auf den Stufen, die in den Garten führten und jede hielt eine dampfende Tasse in den Händen.

»Saublöder Tag, findest du nicht?«, fragte Nathalie leise.

»Wieso? Die Aussichten auf eine erfolgreiche Behandlung sind doch fantastisch.«

»Schon ... Aber du warst ganz schön angepisst, als Christian plötzlich im Zimmer stand.«

»Kannst du dich vielleicht ein bisschen gewählter ausdrücken? Und ja, ich war verärgert und überrascht, ziemlich sogar.« Alexandra nippte vorsichtig an ihrem Tee.

Nathalie beugte sich zu ihr. »Denkst du noch oft an ihn?«

»Nein. Nie!« Das klang überzeugter als Alexandra es in Wirklichkeit war. »Nathalie, es ist Jahre her, seit wir uns getrennt haben und die Trennung war so unerfreulich, dass ich es tunlichst vermieden habe, einen Gedanken an ihn zu verschwenden. Ich hatte außerdem ganz andere Sorgen.«

»Als ich damals endlich nach Hause durfte, hast du ihn nie mehr erwähnt. Aber vielleicht weiß ich das auch gar nicht mehr richtig? Ist schon so lange her.«

Alexandra holte unmerklich Luft. *Ich kann mich dafür umso besser erinnern.*

»Kaum zu fassen, dass Mama und Papa schon seit sechs Jahren nicht mehr bei uns sind. Was ist, wenn ich wieder nicht aufwache?«, wechselte Nathalie plötzlich das Thema.

»Oh, Nathalie. Nur weil du damals fast drei Wochen im Koma lagst, heißt das doch nicht, dass du grundsätzlich nach einer Narkose nicht mehr zu dir kommst.« Alexandra tätschelte Nathalies Hand. Sie wusste selbst noch zu gut, wie verzweifelt sie damals gewesen war. Keiner hatte gewusst, warum Nathalie einfach nicht aufwachen wollte, obwohl sie die Operation gut überstanden hatte. Es war eine entsetzliche Zeit gewesen. »Ich habe mich darüber auch schon mit Heidi unterhalten, aber wir müssen warten, bis wir mit einem Narkosearzt sprechen können.«

»Fragen wir doch Christian. Er ist doch der Chef.«

»Er operiert. Ich nehme nicht an, dass er auch für die Narkose zuständig ist. Könnten wir das Thema Christian ...« Alexandras Tonfall wurde anschließend eine Spur schärfer. »... nun endgültig beenden?«

Sie hatte absolut keine Lust über Christian Wartmann zu reden und sie versuchte die Gefühle niederzukämpfen, die offensichtlich unauslöschbar mit diesem Namen verbunden waren. Denn – wie immer fühlte sie sich in diesen Momenten hilflos, einsam, verlassen und wütend darüber, dass er ihr unterstellt hatte, ihn nicht genug zu lieben. Sie straffte sich und zwang sich, die Stärke zu mobilisieren, die ihr in den letzten Jahren geholfen hatte, allein klarzukommen, um nicht an dieser fast übermenschlichen Aufgabe, ihre jüngeren

Geschwister aufzuziehen, zu verzweifeln. Auch heute verbot sie sich jedes noch so kleine Zeichen von Schwäche.

»Und wieso willst du dann plötzlich renovieren und steigst auf den Dachboden, um dein Teleskop herunterzuholen?« Nathalie grinste und gab ihrer Schwester einen Schubs mit der Schulter. »Da ist doch was im Busch!«

»Quatsch! Eine Renovierung ist längst überfällig. Wir sollten Familienrat halten, vielleicht können wir auch grundsätzlich endlich mal alles verändern. Ich habe das Buffet, das Mama so geliebt hat, noch nie leiden können.« Alexandra verspürte einen Anflug schlechten Gewissens, aber es half ja schlussendlich nichts, irgendwann musste man mit der Vergangenheitsbewältigung beginnen.

»Das große, bei dem die Tür klemmt?« Nathalie kicherte. »Das find ich auch furchtbar. Lass uns dann doch auch endlich ein neues Sofa kaufen. Das Gequietsche wird immer nerviger.«

»Solange Daniel es immer wieder als Trampolin benutzt, ich weiß nicht ...«

»Komm schon. Entweder ganz oder gar nicht. Und den ersten Schritt hast du doch schon gemacht.« Nathalie deutete auf das Teleskop vor ihnen.

»Ich hatte es schon lange vor, bin aber nie dazugekommen. Schließlich seid ihr jetzt älter und selbständiger und ich habe wieder etwas mehr Zeit für mich.«

»Ach, Lexi. Wo wären wir heute nur ohne dich?«

Alexandras Herz quoll fast über, als Nathalie den Kopf an ihre Schulter lehnte. Sie legte den Arm um sie und drückte sie an sich.

»Wo wäre ich heute ohne euch?«

»Wahrscheinlich mit Christian verheiratet.«

»Oder auch nicht.«

»Doch, schließlich warst du ewig mit ihm zusammen.«

»Ewig – gerade mal knapp zwei Jahre waren es. Du bist also viel länger mit Jan befreundet.«

»Jan ist Geschichte.« Nathalie murmelte in ihre Tasse, während sie gleichzeitig einen Schluck daraus trank.

»Was? Wieso?« Alexandra rückte ein kleines Stück zur Seite und musterte ihre Schwester, die den Kopf senkte.

»Er ist zudringlich geworden.«

Alles konnte sich Alexandra bei dem ruhigen, besonnenen Nachbarsjungen vorstellen, nur nicht, dass er Nathalie gegenüber jemals handgreiflich oder grob werden würde.

»Jan?«

»Ja, Jan.« Nathalie seufzte leise auf. »Er wollte mich küssen.«

Alexandra hustete und verbarg ihr Grinsen, indem sie in ihrem Tee rührte. »Ein Kuss ist doch was Schönes.«

»Ist es nicht! Was will er denn mit mir? Ich bin fast blind – er soll sich eine Freundin suchen, die normal ist.«

Alexandra ließ sich von Nathalies betont neutralem Tonfall nicht irreführen. Sie strich ihr tröstend über den Rücken. »Nathalie, du bist normal. Du kennst ihn doch jetzt schon so lange. Ihr seid seit dem Kindergarten unzertrennlich. Er würde nie einen Versuch unternehmen, wenn es ihm nicht ernst wäre.«

»Ich will ihn nicht mehr treffen. Er soll mich vergessen.« Jetzt klang ein trotziger Tonfall durch.

»Aber er fehlt dir.« Alexandra zog Nathalie an sich.

»Und wie – ganz schrecklich. Keine Angst, ich komme

darüber weg. Schließlich ist es das Vernünftigste. Ich will nicht, dass er sich durch mich behindert fühlt.« Nathalie starrte blicklos in den Himmel. »Ich schätze mal, du fühlst dich ähnlich beschissen. Jetzt, wo Christian wieder da ist. Warum habt ihr euch damals eigentlich getrennt?«

Nicht schon wieder dieses Thema! Alexandra schluckte. Sie wusste aber, dass sie Nathalie eine ehrliche Antwort schuldig war.

»Weil ...« Alexandra brach ab. Ein weiterer Blick auf Nathalie erinnerte sie daran, dass ihre Schwester bald siebzehn wurde. Sie war eine junge Frau, die in den letzten Jahren weit Schlimmeres durchgemacht hatte, als sie selbst in den Wochen und Monaten nach der Trennung von Christian. Nur zögernd beantwortete sie endlich die Frage. »Ich weiß nicht, ob du dich erinnern kannst. Wir hatten beide ein Stipendium für Texas, eigentlich war schon alles geplant.«

»Doch, dunkel. Du wolltest erst nicht und hast nächtelang mit Mama und Papa diskutiert. Daran kann ich mich erinnern.«

»Stimmt.« Alexandra lächelte. »Ich hatte Angst vor meiner eigenen Courage. Aber ich wollte auch nicht ohne Christian sein. Aber ... nun ja, es kam eh alles anders.«

»Christian ist dann einfach ohne dich geflogen?«

Alexandra nickte und schluckte und gab es zum ersten Mal zu: Die Erinnerungen an den letzten Streit und den Schmerz über die Trennung wären immer noch präsent, würde sie diese nicht kategorisch in eine Ecke ihres Herzens verbannen, die sie zusätzlich mit einem kräftigen Schloss sicherte und niemals öffnete.

»Ja, er wollte nicht verstehen, dass ich euch nicht alleine lassen konnte. Du warst noch im Krankenhaus und Daniel war so klein. Ich hatte doch keine Wahl und selbst wenn, hätte ich mich nie anders entschieden.«

Jetzt klangen ihre Worte wieder neutral, die Stärke hatte die Schwäche besiegt. Sie stellte ihre Teetasse zur Seite und stand auf. »Christian hat nicht verstehen wollen, dass zwei Jahre räumlicher Trennung nicht zwangsläufig das Beziehungsaus bedeuten. Und er wollte keine Fernbeziehung.«

»Ohne dich wären wir in ein Heim gekommen.« Nathalie umklammerte ihre Teetasse fester. »Bist du deswegen noch so sauer auf ihn?«

Alexandra entfernte die Schutzkappe des Teleskops. »Er hat mich eiskalt vor die Wahl gestellt. Er oder ihr. Meinst du, ich habe eine Sekunde gezögert? Findest du nicht, das ist Grund genug, sauer zu sein?«

»So ein ...« Als Alexandra sich räusperte, verkniff sich Nathalie die restlichen Worte. »Wirst du ihm noch eine Chance geben?«

Alexandra, die versucht hatte, die Stundenachse auf den Himmelspol einzustellen, hielt abrupt inne. »Nathalie, das ist doch überhaupt kein Thema.«

»Warum nicht?«

Alexandra knirschte mit den Zähnen. Sie wusste aus Erfahrung, Nathalie konnte ganz schön hartnäckig sein. »Er ist verheiratet, und selbst wenn er das nicht wäre, wärme ich grundsätzlich keine alten Beziehungen auf. Und jetzt, mein Fräulein, solltest du ins Bett gehen, schließlich ist morgen Schule. Und wenn du dir schon Gedanken über irgendwelche

Beziehungsgeschichten machen willst, dann denk mal drüber nach, ob du nicht Jan eine Chance geben solltest.«

»Pfff! Quatsch.« Nathalie stand auf, schnappte ihre und nach kurzem Suchen auch Alexandras Teetasse und murmelte »Gute Nacht, Lexi« bevor sie im Haus verschwand.

Alexandra sah ihr grübelnd nach.

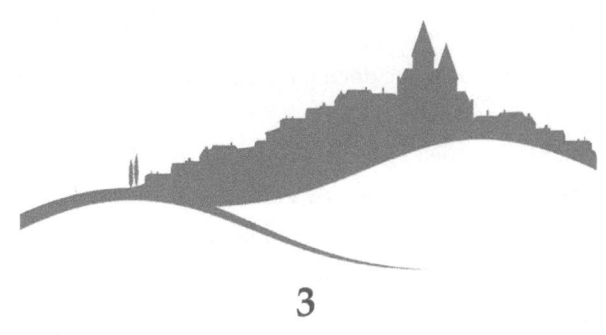

3

Am nächsten Vormittag reichte Alexandra einer Kundin gerade eine Tragetasche, als die Ladentür ihres Buchladens aufflog und Tabea Lier, die mit Pia zukünftig gemeinsam das Fotostudio von gegenüber betreiben würde, in die Buchhandlung stürmte.

»Lexi, kannst du mal bitte kommen. Pia geht es irgendwie gar nicht gut.« Tabea, die den dunklen Teint ihrer indischen Mutter geerbt hatte, wirkte bleich und erschrocken.

»Klar.« Alexandra ließ alles stehen und liegen. Sie begleitete die Kundin aus dem Laden, schloss ab und eilte Tabea hinterher, die schon wieder über die Straße rannte.

»Himmel-Arsch. Ich sagte doch, es ist gar nichts.« Pia empfing beide zwar bleich, aber mit energischen Widerworten.

»Pia, was ist los?« Alexandra taxierte Pia von oben bis unten und stellte dann fest, dass diese die Lippen zusammenpresste und sich krampfhaft an ihrer stylisch geschwungenen Glastheke festhielt.

»Nichts!«

»Tabea?« Alexandra wandte sich an Tabea, die neben ihr stehengeblieben war.

»Ihr wurde plötzlich speiübel, als ich ihr den Kaffee

gebracht habe. Guck sie doch an. Sie sieht doch immer noch aus wie ein Gespenst.«

»Boah!« Pia hielt sich die Hand vor den Mund und verschwand im Hinterzimmer. Alexandra und Tabea sahen sich an und brachen fast gleichzeitig in lautes Lachen aus.

»Denkst du, was ich denke?«, fragte Alexandra, während sie versuchte, sich zu sammeln.

»Vermutlich!« Tabea hielt sich die Seiten, versuchte ein ernstes Gesicht und gab dann aber wieder auf. Kichernd lehnte sie sich an ein Regal.

»Ihr beide scheint es ja überaus witzig zu finden, dass es mir so scheiße geht«, meinte Pia, als sie endlich wiederkam.

»Grad eben hast du gemeint, es ginge dir gut«, konterte Alexandra und brach wieder in Lachen aus.

»Mir geht es beschissen«, gab Pia zu und setzte sich auf den Hocker, der hinter ihrem Tresen stand. »Irgendwas hab ich mir eingefangen, das geht schon seit Tagen so.«

»A-hm. Ich vermute mal, es fängt mit B – A – B an und hört mit Y auf.« Tabea wackelte mit dem Kopf und verbiss sich ein weiteres Lachen.

»Hä?« Pia schüttelte verwundert den Kopf. »Was soll das sein? B – A – B ... Nein!« Sie wurde um die Nasenspitze noch eine Spur bleicher.

»Und wenn doch?« Alexandra zog die Stirn in Falten und ließ ihre beste Freundin nicht aus den Augen.

»Alex dreht dann völlig durch!«, murmelte Pia, doch ein Strahlen schlich sich in ihre Augen. »Ich sollte wohl einen Test machen. Nachher ... nicht jetzt ... das muss ich erst mal ... verdauen.«

»Na, auszuschließen scheinst du es ja nicht.« Alexandra tätschelte ihr die Schulter.

»Ich hab die Pille abgesetzt. Vor acht Wochen«, teilte Pia ihren Freundinnen jetzt freudestrahlend mit. »Aber, dass das so schnell klappt, damit rechnet man ja nicht.«

»Das Leben bietet viele Überraschungen«, erklärte Alexandra mit einem ironischen Unterton und bemerkte amüsiert, wie Pia rot anlief.

»Wie war die Untersuchung?«, versuchte sich Pia zu retten, die wohl ahnte, was nun auf sie zukam.

»Welche Untersuchung?«, fragte Tabea.

»In Eschingen gibt es ein neues Zentrum, das Nathalie eventuell helfen könnte«, erklärte Pia, wich aber nach wie vor Alexandras Blick aus.

»Das ist doch toll.« Tabea klang freudig.

»A-hm«, murmelte Pia ohne große Freude.

»Was ist dann das Problem?« Tabea sah verblüfft zwischen Alexandra und Pia hin und her, doch Alexandra runzelte nur schweigend die Stirn.

»Der Arzt, der ihr helfen könnte, ist Lexis Ex. Ich wusste es und habe ihr nichts gesagt.« Pia straffte sich, hob den Kopf und starrte Alexandra nun fest in die Augen. »Entschuldige, Lexi. Aber ... wärst du hingegangen, wenn du gewusst hättest, dass Christian dort arbeitet? Es tut mir wirklich leid.« Während Pia sich entschuldigte, faltete sie ihre Hände wie zu einem Gebet.

»Das war gemein und hinterhältig.«

»Ja, da war es. Lexi ...«

»Sie haben einen Tumor gefunden. Entweder wird Nathalie

operiert oder per Strahlentherapie behandelt. Sie wird links vielleicht wieder sehen können.«

»Das ist doch toll.« — »Genial!«

»Ja, das ist es und deshalb verzeihe ich dir. Doch wenn du mich noch einmal so hintergehst, dann kündige ich dir die Freundschaft.«

»Verstanden«, murmelte Pia betroffen und vergrub den Kopf in ihren Händen. Alexandra bekam Mitleid mit ihr, umrundete die Glastheke und legte den Arm um sie.

»Danke, Pia.« Sie drückte ihr einen Kuss auf die Wange und lächelte sie an, als die verblüfft den Kopf hob. »Und jetzt marschier los und hol einen Schwangerschaftstest. Ich kann nicht ewig hierbleiben.«

Als Pia am Abend die Haustür hinter sich zudrückte, hörte sie leises Lachen aus dem Hobbyraum. Sie schloss die Augen, versuchte ihre Nervosität einzudämmen und ging nach unten. Alexander und Tobias lieferten sich, wie so oft, eine heiß umkämpfte Schlacht am Tischkicker. Pia lehnte sich mit verschränkten Armen an den Türrahmen, betrachtete lächelnd die Szene und ihr Blick blieb schließlich an Alexander hängen, der sich seine Locken aus dem Gesicht schob und gleichzeitig einen Ball von Tobias abwehrte. Ihr Herz machte wie immer bei seinem Anblick einen Satz und sie wusste genau, dass sie noch nie so glücklich wie in den letzten Monaten gewesen war.

So vieles hatte sich verändert, seit ihre Eltern im letzten

Sommer verkündet hatten, dass sie im Herbst ein Jahr lang für ein Forschungsprojekt auf die Salomonen reisen mussten und sie darauf bauten, dass die Stiefgeschwister sich derweil um Tobias, ihren jüngeren Bruder, kümmern würden.

»Hey, Schatz.« Alexander entdeckte sie, unterbrach kurzerhand das Spiel und kam zu ihr. Dann nahm er sie in seine Arme und küsste sie, bis ihr schwindelig war.

»Knutschalarm! Echt eklig.« Tobias schüttelte wie immer den Kopf. »Veni, vidi, vici! Tor! Du hast verloren, Alex! Yeah!« Er startete einen Indianertanz und stimmte zusätzlich ein furchteinflößendes Geheul an.

Alexander küsste Pia erneut, dann drehte er lediglich den Kopf. »Ich habe vielleicht eine Schlacht verloren, aber nicht den Krieg! Ich fordere Revanche.«

Als Tobias postwendend Alexander das nächste Asterix-Zitat um die Ohren schlug und schnell die Punkte in die Ausgangsstellung zurückschob, schüttelte Pia belustigt den Kopf. Sie schob Alexander von sich. »Geh schon, zeig ihm mal, dass du ein echter Champion bist.«

»Alles rennet, rettet, flüchtet!« Alexander ging mit erhobenen Armen und einer Drohgebärde auf seinen Bruder los, der sich kichernd hinter dem Tischkicker in Sicherheit brachte.

»Pia, ist irgendetwas?« Alexander zögerte. Zwar hatten Tobias und er schon das nächste Spiel begonnen, doch er schielte immer wieder prüfend zu ihr herüber.

Sie schüttelte den Kopf, ignorierte den Klumpen in ihrer Magengegend und grinste. »Ich gehe kochen. Kommt ihr dann in einer halben Stunde hoch?«

»Klar, ich mache nur den Kurzen hier fertig.« Alexander warf ihr eine Kusshand zu und kassierte dabei das nächste Tor von Tobias.

»TOOOR!«

Fast zur selben Zeit stellte Tabea Lier ihren Teller auf den Couchtisch, kuschelte sich in ihre Decke, zog die Beine an und legte ihr Kinn darauf. Ohne etwas aufzunehmen starrte sie auf den Fernseher, wie immer mit ihren Gedanken ganz weit weg. Noch immer hatte sie sich nicht daran gewöhnt, dass sie jetzt alleine war.

Aber nicht das Alleinsein machte ihr Kummer. Sie war es viele Jahre gewöhnt gewesen, einsam zu sein, wenn Jörn als Berufssoldat auf einen Auslandseinsatz abkommandiert wurde. Umso inniger hatten sie immer die Zeit genutzt, wenn er zu Hause gewesen war.

Doch jetzt ... würde er niemals mehr nach Hause kommen. Er war nun schon seit Oktober tot – gestorben bei einem Bombenanschlag in Kunduz. Und sobald sie zum Nachdenken kam, vermisste sie ihn wie am ersten Tag.

Dazu kam noch die Tatsache, dass der Tag näher rückte, an dem sie hätten heiraten wollen. Für Anfang Mai war die Hochzeit geplant gewesen. Ihr Brautkleid hing zu Hause in Celle bei den Eltern auf dem Dachboden. Noch war sie nicht imstande, es wegzugeben. Wenigstens hatte sie den Mut gefunden, hier im schwäbischen Mittsingen einen Neuanfang zu wagen.

Ja, eines war inzwischen sicher: Der Umzug war eine gute Entscheidung gewesen. Sie fühlte sich wohl in diesem kleinen Ort, der sich so sehr von Celle unterschied. Mittsingen war eine ländliche Kleinstadt mit gerade mal sechstausend Einwohnern, kein Vergleich zu ihrer Heimatstadt. Hier schien fast jeder jeden zu kennen, es gab alles vom Bäcker übers Schreibwarengeschäft bis zur Buchhandlung. Da Mittsingen von Wäldern und fruchtbaren Feldern umgeben war, konnte sie ausgiebig beim Joggen die Gegend durchkämmen, ohne dass sie ständig dieselbe Strecke laufen musste. Noch heute war es möglich, dass in der Umgebung Spuren keltischer Besiedlung gefunden wurden. Tabea, die schon immer geschichtlich sehr interessiert war, hatte sofort Nachforschungen betrieben, als sie beschloss, endgültig hierher zu ziehen. Und sie hatte die Gegend inzwischen gründlich erkundet.

Durch das Klingeln ihres Telefons schreckte sie aus ihren Gedanken auf. Sie beugte sich nach vorn, nahm den Hörer auf und, als sie die Nummer ihrer Eltern erkannte, lächelte sie.

»Hallo, Mama«, begrüßte sie die Anruferin.

»Hallo, mein Schatz. Wie geht es dir? Du hast dich vorgestern überhaupt nicht gemeldet.«

»Stimmt doch gar nicht. Ich hab dir eine SMS geschickt«, wehrte sie sich. Obwohl Tabea inzwischen siebenundzwanzig war, kam sie sich beim strengen Tonfall ihrer Mutter immer wie das kleine Mädchen vor, das ausgeschimpft wurde.

»Kokolores!«, wischte ihre Mutter ihre Anmerkung beiseite und Tabea kam mal wieder nicht umhin zu grinsen, wenn sie daran dachte, dass ihre Mutter zwar Norddeutsch sprach, ihre Herkunft aber niemals verleugnete. Trug sie doch bestimmt auch heute zur bequemen Jeans die typisch indische Tunika und redete dennoch blütenreines, akzentfreies Norddeutsch. »Eine SMS ersetzt keinen Anruf bei deinen Eltern.«

»Mama, ich werde bald dreißig!«, begehrte Tabea auf.

»Und? Eine Mutter macht sich immer Sorgen, die Erfahrung wirst du auch mal machen.«

»Sicher nicht!«

»Bestimmt, mein Herz. *Glaube ist der Vogel, der singt, wenn die Nacht noch dunkel ist*«, zitierte die Mutter ein indisches Sprichwort. »Auch du wirst irgendwann wieder ein Licht am Horizont sehen, auch wenn du jetzt nicht daran glaubst. Wenn mich dein Vater nicht ...«

»Ich weiß, ich weiß, Mama.« Tabea kannte die Geschichte ihrer Mutter, die mit gerade mal achtzehn Jahren ihren ersten Mann und ihre kleine Tochter in Indien während einer Choleraepidemie verloren hatte, in- und auswendig. Ihr Vater hatte als junger Arzt in Indien praktiziert und er hatte sich Hals über Kopf in Mala verliebt. Er hatte ihre Mutter überredet, ihn zu heiraten und mit ihm nach Deutschland zu ziehen, obwohl sie ihn damals nicht liebte.

Und das Wunder, auf das er gehofft hatte, war geschehen; Mala hatte sich in ihn und in dieses fremde Land verliebt und sie hatte in kürzester Zeit seine Sprache erlernt. Seither führten ihre Eltern eine glückliche Ehe, aus der nicht nur sie, sondern noch drei jüngere Brüder und eine Schwester hervorgegangen waren. Tabea war die Älteste und war damit noch heute die Vorreiterin, wenn es, wie jetzt, um Unabhängigkeit ging. Trotzdem war sie sich der Liebe ihrer Familie sicher und wusste, wohin sie sich wenden konnte, wenn sie Hilfe brauchte.

»Du glaubst mir nicht.«

Tabea schüttelte den Kopf und murmelte ein »Nein«.

»Es muss ja nicht morgen sein. Lass dir Zeit. Aber Jörn hätte nicht gewollt, dass du so traurig bist.«

»Das hilft mir auch nicht.« Tabea wischte die Tränen von den Wangen, die sie nicht mehr unterdrücken konnte. »Was macht Amita?«, um abzulenken, erkundigte sie sich nach ihrer Schwester.

»Testet wie üblich ihre Grenzen aus und wickelt die Jungs um den Finger. Ihre große Schwester sollte sich ein Beispiel nehmen.«

»Mama!«

»Schon gut. Ich denke, wir kommen dich an Ostern besuchen. Ich muss dir noch erzählen, was dein Bruder angestellt hat.«

»Welcher?« Tabea schloss erschöpft die Augen und senkte ergeben das Kinn auf die Brust, dann hörte sie ihrer Mutter weiter zu, die ausführlich von der Familie berichtete.

»Daniel, wie oft soll ich es dir noch sagen. Wir essen kein trockenes Brot zum Abendessen.« Alexandra reichte ihrem Bruder den Wurstteller über den Küchentisch. »Butter drauf, Wurst drauf. Das – ist – das – Abendessen, verstanden!«

»Okay!« Daniel strich mit einer Leidensmiene Butter aufs Brot und stierte auf den Wurstteller. »Gibt es keine Salami?«

Alexandra schluckte ihren Bissen hinunter und starrte ihn

an. »Salami? Hast du mir nicht erst letzte Woche erklärt, du würdest jetzt nur noch Lyoner essen wollen?«

»Das war letzte Woche. Tobi und ich essen jetzt vier Wochen lang nur noch italienische Salami.«

»Aha!« Alexandra nickte und warf Nathalie, die unterdrückt auflachte, einen verständnislosen Blick zu. »Und jetzt meinst du, ich kaufe auf der Stelle für dich Salami?«

»Ja, klar.« Daniel platzierte eine Scheibe Lyoner so akkurat auf seiner Brotscheibe, dass nirgendwo ein Fitzelchen überstand. Dann biss er grinsend davon ab. »Italienische, Lexi. Wir bestehen darauf.«

»Ihr habt sie doch nicht alle.« Nathalie brach in lautes Lachen aus, schüttelte den Kopf und schenkte sich so gekonnt Wasser nach, dass Alexandra wieder einmal staunte, wie schnell sie sich trotz aller Nackenschläge, die ihre Erkrankung mit sich brachte, umgestellt hatte.

»Wir sind Römer! Die essen nun mal nur Salami«, erklärte Daniel in aller Seelenruhe.

»Wir essen Lyoner, und zwar so lange, bis die alle ist.« Alexandra schlug einen strengeren Tonfall an, konnte sich aber ein Grinsen wirklich nicht mehr verkneifen, als Daniel mit sichtlichem Widerwillen in sein Brot biss.

»Meinetwegen«, murmelte er mit vollem Mund.

»Können wir vielleicht unsere Diskussion vom Frühstück noch einmal aufgreifen?« Sie sah ihre Geschwister an. »Wie ich schon sagte, ich möchte renovieren. Schaut euch doch um, die Tapeten sehen inzwischen wirklich nicht mehr schön aus, und wenn ich ehrlich bin, würde ich gerne hier auch manches neu einrichten.«

»Wir schmeißen alles raus?« Daniel sah sich kauend in der Küche um.

»Nicht alles. Ich würde gerne den Bauernschrank im Wohnzimmer behalten, aber alles andere könnte meinetwegen raus. Vielleicht kann ich es noch verscherbeln. Was meint ihr?« Alexandra knabberte an ihrem rechten Mundwinkel. »Oder findet ihr es furchtbar, wenn wir jetzt alle Möbel von Mama und Papa entsorgen?«

»Quatsch, schließlich leben wir hier und ein bisschen was Modernes wäre echt schick.« Nathalie warf mit einem Schwung ihre langen Haare über die Schulter und ergänzte, »Unsere Erinnerungen hängen doch nicht an den Möbeln. Stimmt's, Daniel?«

»Stimmt! Wenn ich nicht mehr sicher bin, wie Mama ausgesehen hat, dann hole ich mein Fotoalbum und gucke mir die Bilder an.« Daniel gab seiner Schwester einen Schubs und sprach unbekümmert weiter. »Wenn du es nicht mehr richtig erkennen kannst, dann beschreibe ich dir alles, Nathalie. Aber bald kannst du ja wieder sehen.«

»Das wäre toll, Daniel.« Nathalie hob die Hand und strich ihm zielsicher über seinen dichten Haarschopf. »Lexi, ich hab jetzt hin- und herüberlegt, aber ich glaube, ich möchte die Operation machen lassen. Allerdings nur, wenn die Ärzte keine Bedenken haben, wegen des langen Komas damals.«

»Ich rede mit Frau Doktor Wahl, vielleicht können wir uns alle mit den Anästhesisten zusammensetzen. So und jetzt räumen wir ab, ich möchte noch nach dem Sternenhimmel sehen.«

»Geh ruhig schon mal. Daniel und ich räumen alles auf.«

»Oh, nö. Nathalie, ich wollte noch zu Ende spielen.«

»Das kannst du auch noch in zehn Minuten. Soviel ich weiß, läuft dir deine Play Station nicht davon.«

»Aber höchstens noch eine halbe Stunde, Daniel.«

»Oh, nö. Lexi, warum muss ich immer so früh ins Bett?«

»Weil du sonst morgen nicht rauskommst. Tobias ist bestimmt auch schon auf dem Weg ins Bett.«

»Ich stehe auch ganz bestimmt ...«

»Quatsch!« Nathalie unterband seine Quengelei. »Halt die Klappe und hilf mir jetzt!«

»Danke, Nathalie.« Alexandra grinste, stand auf und stellte ihren Teller in die Spülmaschine. Sie holte ihr Teleskop, das sie tagsüber in der angrenzenden Speisekammer aufbewahrte und trat in die Frische eines wolkenlosen Märzabends, in dem die Sterne am Himmel funkelten.

Nachdem sie alles eingestellt hatte, überflog sie kurz den Himmel von Osten nach Westen. Sofort erkannte sie Venus. Der Planet war deutlich am westlichen Himmel auszumachen. Sie richtete ihr Teleskop erst auf die Venus, dann wanderte sie damit Richtung Osten und entdeckte Mars im Sternbild des Löwen. Der Rote Planet war die ganze Nacht über zu sehen und hatte am gestrigen fünften März für dieses Jahr seinen geringsten Abstand zur Erde erreicht. Allerdings wusste sie sehr genau, dass dieser Planet dann noch immer über einhundert Millionen Kilometer von der Erde entfernt war. Bei der eindrucksvollen Marsopposition im Jahr 2003 waren es dagegen nur knapp sechsundfünfzig Millionen Kilometer gewesen.

Genau dies waren Daten und Fakten, die sie nach wie vor

fast atemlos und ehrfürchtig in den dunklen Himmel schauen ließen. Wie wenig war zu sehen, wie viel Neues gab es wohl noch in den unerforschten Regionen dahinter zu entdecken? Ob es darauf jemals eine Antwort gab?

»Pia, denkst du dran, dass wir uns übermorgen die Wohnung in der Perlbachstraße ansehen wollen?«

»Gut, dass du das erwähnst.« Pia kam mit einem Waschkorb voller Bügelwäsche ins Wohnzimmer, in dem Alexander es sich mit einem Buch gemütlich gemacht hatte. »Ich bin dafür, dass wir uns doch besser gleich die größere Wohnung anschauen.«

»Wie jetzt? Du hast doch darauf bestanden, erst mal mit drei Zimmern anzufangen.«

Pia knabberte unschlüssig an ihrer Wange. Wie brachte sie ihm das jetzt am besten bei?

»Na ja, nicht ganz. Ich sagte nur, dass wir unsere beiden Zwei-Zimmer-Wohnungen vergessen können. Wir brauchen ein großes Büro, wo alles unterkommt. Meine Sachen, wie deine und ... wir brauchen im November ein Kinderzimmer«, platzte sie dann heraus und wurde knallrot.

Alexander klappte augenblicklich sein Buch zu und starrte sie irritiert an. Dann konnte sie beobachten, wie er innerhalb von Sekunden begriff. Sein Gesichtsausdruck wandelte sich von einem fragenden Blick zu einem, fast schon dümmlich aussehenden, sehr zufriedenen Grinsen.

»Oha, das ging ja rasend schnell!«

»Zu schnell?«, fragte Pia mit klopfendem Herzen.

»Nein, mir nicht! Dir etwa?« Er stand auf, kam näher und nahm sie in den Arm.

»Hm.« Pia lehnte den Kopf an seine Brust und entspannte sich zusehends in seinen Armen. »Aber das kommt jetzt doch etwas überraschend.«

»Freust du dich gar nicht?«

»Doch, natürlich. Zur Sicherheit gehe ich aber erst noch zum Arzt. Die beiden Schwangerschaftstests waren jedenfalls positiv.«

»Beide?«

»Ä-hm.« Pia räusperte sich verlegen. »Ich hab zur Sicherheit gleich zwei gemacht, weil ich es nicht glauben wollte.«

»Du bist wirklich goldig.« Er umrahmte ihren Kopf mit beiden Händen und blickte ihr tief in die Augen, dass sie seinen Blick fast bis dorthin spürte, wo ein klitzekleines Wesen ruhte. »Ich liebe dich, Pia. Und ich freue mich tierisch.«

»Gott sei Dank!« Sie stieß die Luft aus und strahlte ihn an. »Aber wie bringen wir das Mama und Fred bei?«, fragte sie und lachte, weil ihr sofort einfiel, dass sie genau dieselbe Frage vor ein paar Monaten schon mal gestellt hatte.

»Gar nicht!« Alexander küsste sie so lange, dass sich sämtliche Sorgen in Nichts auflösten. »Wir überraschen sie mit deinem dicken Bauch.«

»Nee!«

»Doch!«

»Das geht nicht. Alex, wir müssen es ihnen sagen.«

»Warum?«

»Weil ...«, Pia überlegte angestrengt, nahm gedankenverloren ein T-Shirt und streifte es glatt. Ihr fiel kein vernünftiger Grund ein, also gab sie auf und zuckte mit den Schultern. »Okay, wenn du meinst. Die werden schön dumm aus der Wäsche schauen.«

Alexander küsste sie zärtlich und nahm ihr das Shirt aus der Hand, das sie eben zusammenlegen wollte.

»Ich liebe dich und ich bin total glücklich.« Er ließ seine Hände unter ihr Sweatshirt gleiten und verführte sie sanft mit Mund und zärtlichen Berührungen.

»Alex, nicht! Ich muss doch die Wäsche ...«

»Wäsche ist ein gutes Stichwort.« Alexander zog sie in Richtung Schlafzimmer hinter sich her.

Später drehte sie sich auf die Seite und schmiegte sich mit ihrem Rücken in Alexanders Arme.

»Hoffentlich wird das nie anders«, murmelte sie leise.

»Was denn?«

»Das hier.« Sie strich mit den Fingerspitzen an seinem Unterarm auf und ab. »Dass ich so glücklich und zufrieden bin, wenn ich in deinen Armen liege.«

»Das liegt an uns, mein Herz. Wir werden unsere Liebe hegen und pflegen, wie deine Mutter und mein Vater die ihre.«

Pia drehte sich in seinen Armen um. »Ich glaube, sie waren sich immer bewusst, was für ein Glück sie hatten, sich zu finden.«

»Apropos Glück. Wie lief es heute mit Lexi?«

»Uff!« Pia stöhnte frustriert auf. »Sie mauert. Sie war zwar sauer auf mich, ansonsten tut sie so, als würde es ihr nichts ausmachen. Und sie ist natürlich happy, dass Christian Nathalie wahrscheinlich helfen kann. Die Ergebnisse sehen jedenfalls vielversprechend aus.«

»Was ich bis heute wirklich nicht durchschaue ist, ob Lexi wirklich mit Christian abgeschlossen hat.«

»Das geht mir genauso. Ich vermute, sie hat sich nie wirklich mit der Trennung auseinandergesetzt. Zuerst musste sie funktionieren und alles auffangen. Sie war mit Daniel rund um die Uhr beschäftigt und die Sorge um Nathalie hat sie vermutlich nicht eine Sekunde an sich selbst denken lassen. Später war es zu spät. Ich bin mir sogar ziemlich sicher, dass das Thema für sie noch nicht abgehakt ist, auch wenn sie nie darüber spricht.«

»Vielleicht ist ihr genau das noch gar nicht bewusst geworden.«

»Die nächsten Wochen werden es zeigen. Wenn Christian ihre harte Schale nicht knackt? Wer soll es dann schaffen? Außerdem ...« Pia gähnte herzhaft und kuschelte sich näher an Alexander. »... spätestens bei der Hochzeit von Christians Schwester wäre sie ihm sowieso über den Weg gelaufen.«

»Diese Hochzeit scheint Heidi eher ein Dorn im Auge zu sein.«

»Nicht die Hochzeit ist der Dorn, sondern der Volltrottel, den sich Svea da angelacht hat. Ich verstehe auch nicht, was sie an dem findet. Mann, die hatte jahrelang so einen netten Freund und da fährt sie einmal allein in Urlaub und kommt mit diesem Lackaffen zurück. Heidi hat Angst, dass Svea irgendwann aufwacht und merkt, dass nicht alles Gold ist, was glänzt.«

»Ich habe auch so meine Zweifel, dass er ein Mann fürs Leben ist.« Als Pia den Kopf hob und fragend die Augenbrauen nach oben zog, verzog er seinen Mund zu einem Grinsen.

»Ich bin so einer ...«, er küsste sie innig. »Dein Mann fürs Leben.«

»Ach? Das werden wir ja sehen, wenn wir alt und grau sind. Dann ziehen wir Bilanz, wie du sagen würdest.«

»Da spricht meine Frau!« Alexander wirbelte Pia auf den Rücken und vergrub seinen Mund an ihrem Hals.

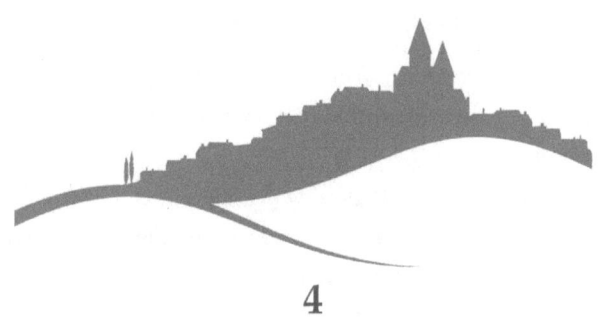

4

Es war fast Mitternacht. Auch am Donnerstagabend hatte sich Alexandra Zeit genommen, um eine besondere Himmelsregion aufmerksam zu beobachten. Denn jetzt im März war die Wahrscheinlichkeit recht groß, vereinzelte Sternschnuppen aus dem Meteorstrom »Eta Virginiden« zu entdecken, die aus dem Sternbild der Jungfrau zu regnen schienen.

Gerade Sternschnuppen hatten sie von klein auf fasziniert und akribisch hatte sie genau zu diesen Zeiten besonders geduldig den Himmel beobachtet und sehr detailliert ihre Sichtungen aufgezeichnet.

Heute hatte sie wenigstens eine entdecken können, was sie mit Zufriedenheit und Glück erfüllte und hatte sie sich erlaubt, stumm der Sternschnuppe einen Wunsch hinterherzusenden. Sie setzte die Schutzkappe auf ihr Teleskop, hob den Tubus vom Stativ und trug es samt den Gewichten in die Speisekammer. Anschließend trug sie auch das Stativ ins Haus und räumte alles sorgfältig in das Fach, das sie extra freigemacht hatte. Sie zog ihre dicke Daunenjacke aus und hängte sie, zu faul an die Garderobe zu laufen, über einen Küchenstuhl. Sie nahm ihr altes Notizbuch und schlug die Seite mit den letzten Eintragungen auf.

7. September

Gegen 21.05 Uhr kann ich eine partielle Mond-
finsternis beobachten. Der Bedeckungsgrad
ist leider nicht sehr groß. Auf die nächsten
Sternschnuppen muss ich wohl warten, bis die
Oktober-Draconiden aktiv werden. Schon seit
Tagen konnte ich keine mehr entdecken.

Auch in den Wochen vor dem Unfall hatte sie damals einen
Sternschnuppen-Sturm, den Perseiden-Sturm, genau beobachtet.
Die Erinnerungen setzten ein, ohne dass sie es verhindern
konnte. Erinnerungen, denen sie sich jahrelang widersetzt hatte.

Sie dachte daran, wie glücklich sie damals gewesen war,
und sich trotz aller zwiespältigen Gefühle auf die Reise in
die USA gefreut hatte. Geplant war, erst mal für ein Jahr
nach Houston zu ziehen und dort zwei Auslandssemester zu
verbringen. Während Christian sogar davon träumte, noch
in den USA in die Forschung gehen zu können, war sie sich
ziemlich sicher gewesen, dass nach Ablauf ihres einjährigen
Stipendiums ihr Aufenthalt dort ein Ende haben würde.
Immer wieder hatten sie über diese unterschiedlichen Stand-
punkte gestritten und, zum ersten Mal, seit sie mit Christian
zusammen war, war sie nicht einer Meinung mit ihm und
wollte ihm nicht nachgeben. Ein Jahr lang ohne ihre Familie
war ihr schon lange genug vorgekommen.

An diesem speziellen Abend der Mondfinsternis waren sie
am See gewesen, der östlich von Mittsingen am Waldrand lag.
Dort hatte Alexandra meist ihr Teleskop aufgebaut und ihre

Beobachtungen durchgeführt. Denn hier war es im Vergleich zum Garten stockdunkel und die wenigen Lichter, die von Mittsingen zu sehen waren, störten kaum. Und Christian hatte mal wieder die Gelegenheit genutzt und versucht, sie mit allen Mitteln zu überzeugen, dass zwei Jahre gar nichts waren.

Was für eine Ironie! Hatte sie ihm Wochen später nämlich genau dasselbe erklärt, hatte er von all dem nichts mehr wissen wollen.

Sie fröstelte und bewegte ihre verkrampften Schultern, dann las sie den letzten Eintrag, den sie einen Tag vor dem schrecklichen Unfall gemacht hatte, weiter:

Der Sternenhimmel zeigt im Vergleich zum Vormonat August nur leichte Veränderungen. Nach wie vor dominieren die typischen Sommer-sternbilder Schwan, Leier und Adler mit ihren hellen Sternen Deneb, Vega und Altair den Nachthimmel, obwohl sich dieses Dreieck schon nach Westen schiebt. Deneb steht fast im Zenit, Vega und Altair haben den Meridian bereits über-schritten. Über dem Horizont im Süden erkennt man noch den verbleibenden Teil des Schützen, der Rest ist schon unter die Horizontlinie hinab gesunken. Auch den Schlangenträger erkennt man weiter im Westen nahe der Horizontlinie. In Verlängerung von Altair nach Osten kann ich das Himmelspferd Pegasus erkennen, weiter im Norden steht Andromeda mit M31, gefolgt vom Himmels-W, der Kassiopeia.

Weitere Daten zu Gradzahlen und Helligkeitswerten waren penibel notiert. All das hatte sie für ihr Studium zur Astro-Physik hervorragend mit einbringen können. Doch schon einen Tag später hatte sie alle Träume von Studium und späterer Karriere als Astronomin begraben müssen.

Begraben, wie ihre Eltern.

Auch heute noch trieb es Alexandra die Tränen in die Augen, wenn sie daran dachte, wie hilflos sie sich damals gefühlt hatte und trotzdem Daniel als Stütze hatte dienen müssen. Nathalie hatte sie erst Wochen später von dem Tod der Eltern erzählen können, als sie endlich aus dem langen Koma erwacht war. Da war Christian schon lange in Texas gewesen.

Christian!

Sobald er sich in ihre Gedanken schlich, kochte die Ent-täuschung und Wut wieder hoch.

»Ich glaube, du liebst mich überhaupt nicht. Deine Ge-schwister oder ich. Ich mache keine Kompromisse, Lexi.«

Das waren seine letzten Worte gewesen, und als sie ihm ihre Antwort wutentbrannt ins Gesicht schleuderte, hatte er sich umgedreht und war gegangen.

Sie hatte existiert, funktioniert und geschuftet. – Hatte nach bestem Herzen und Gewissen versucht, ihren Geschwistern die Eltern zu ersetzen. Auch wenn sie selbst auf der Strecke geblieben war, fühlte sie sich doch immer wieder wie ein emotionales Wrack, wenn sie bemerkte, dass ein Mann, mit dem sie sich verabredete, sie schon nach dem zweiten Date zu langweilen anfing. Inzwischen zweifelte sie sogar daran, ob sie Christian wirklich geliebt hatte. Sie konnte sich nicht erinnern, großen Schmerz empfunden zu haben – nur Enttäuschung und Wut. Und Furcht, es alleine nicht zu schaffen.

Wahrscheinlich war sie einfach nicht für eine dauerhafte Beziehung gemacht. Ihre Bestimmung war es, für ihre Geschwister zu sorgen, sie großzuziehen und zu unterstützen, damit sie zu den Menschen wurden, die ihre Eltern aus ihnen geformt hätten. Damit war sie noch lange Jahre beschäftigt und was danach kam – stand in den Sternen.

Wobei wir wieder beim eigentlichen Thema sind, dachte sie. Sie blickte auf das immer noch aufgeschlagene Buch vor sich, klappte es zu und beschloss, endlich schlafen zu gehen.

Kaum lag sie im Bett und versuchte zur Ruhe zu kommen, kreisten ihre Gedanken schon wieder um den Mann, an den sie gar nicht denken wollte. *Wie bei Sina!*

Kerzengerade saß sie im Bett und tastete nach dem Lichtschalter. Genau diese Stimmung versuchte sie seit Wochen zu beschreiben, wenn sie an ihrem neuesten Manuskript arbeitete. Sie schrieb seit Jahren nur für sich und Pias Lesevergnügen Kriminalromane und ihre erdachte Kriminalkommissarin, Sina Roth, hatte ein sehr kompliziertes Innenleben. Sina hatte bei einem mysteriösen Brand Mann und Sohn verloren. Sie hatte sich schließlich komplett eingeigelt und lebte nur noch für ihren Beruf. Und viele Male durchlebte Sina schwarze Stunden, wie Alexandra dies eben selbst erlebte. Genau diese Stimmungslage konnte sie nun wenigstens für eine besonders schwierige Szene mit ihrer Hauptdarstellerin nutzen, an der sie schon seit Tagen stockte.

Alexandra griff nach dem Notizbuch, das immer parat lag und begann, nach kurzem Zögern zu schreiben:

13. Januar! – Sie hatte es überlebt!
Diesen Abend ohne einen Totalzusammenbruch!
Heute wäre Liam sieben Jahre alt geworden.
Ihr Baby! Ihr kam es vor, als hätte sie ihn erst
gestern das erste Mal im Arm gehalten.
Trotzdem hatte sie diesen heutigen Tag ins-
gesamt besser hinter sich gebracht als befürchtet.
Immerhin hatte sie heute gearbeitet und sich
nicht krankgemeldet, wie im letzten Jahr. Nicht
eingegraben – nein, sie hatte sich zum ersten
Mal diesem Tag gestellt.

Es klopfte. Alexandra, die am nächsten Vormittag mit einer Neulieferung Bücher beschäftigt war, hob den Kopf und erkannte Pia, die die Nase an einem der Sprossenfenster der Buchhandlung plattdrückte. Sie deutete auf Alexandra, dann über ihre Schulter auf die Bäckerei, die es schräg gegenüber am Ende der Straße gab. Dazu zog sie eine Grimasse und machte Kaubewegungen.

»Und wie ich Hunger habe.« Alexandra nickte heftig.

»Ich bin ja so glücklich.« Pia flatterte fünf Minuten später mit Tüten beladen in Alexandras Buchladen und verschwand in der Küche, die sich verborgen im hinteren Bereich befand. Schließlich kam sie mit zwei Kaffeebechern und einem Teller wieder und stellte alles auf den Tisch. Sie schob einen Stapel verpackter Bücher zur Seite und verschränkte die Arme.

»Morgen, Pia. Wie schön, dass wenigstens einer von uns glücklich ist«, murmelte Alexandra und biss in eine Brezel.

»Du bist selbst schuld. Wenn du dich nicht immer verkriechen würdest, dann würdest du merken, dass es auch Männer auf dieser Welt gibt. Nicht nur Bücher!« Pia ließ sich in den zweiten Sessel fallen und sah sie herausfordernd an.

»Ich hatte doch gar keine andere Wahl, als die Buchhandlung zu übernehmen. Das weißt du so gut wie ich.« Alexandra war eingeschnappt. Sie sah sich in der Buchhandlung um, in der ihre Mutter jahrelang gearbeitet hatte und deren Besitzer wundersamerweise genau dann eine Nachfolgerin suchten, als sie selbst nach einer Lösung gefahndet hatte, wie sie für ihren Lebensunterhalt aufkommen konnte. Denn irgendwie hatte sie sich und die Geschwister über die Runden bringen müssen, was mit einem Studium, das noch mindestens zwei Jahre gedauert hätte, niemals möglich gewesen wäre. Also hatte sie mit einem furchtbar schlechten Gewissen das spärliche Erbe ihrer Eltern geplündert, einen Kredit aufgenommen und die Buchhandlung übernommen.

Sofort hatte sie die Verkaufsräume komplett neu möbliert, hatte die dunkle, fast schon antike Einrichtung gegen eine helle, moderne getauscht und viel Schweiß und Herzblut investiert. Aber es hatte sich gelohnt.

Leise Musik war zu hören, die Atmosphäre strahlte Wärme und Gemütlichkeit aus. Die Wände waren rot gestrichen, in den geräumigen Regalen fand man die Bücher in Kategorien übersichtlich geordnet. Auf mehrstufigen Regalen waren fein säuberlich die neuesten Bestseller aufgereiht. Sie selbst saß in einem ihrer Korbsessel vor dem runden Tisch, der die

Kunden animieren sollte, zu verweilen und in den Büchern zu schmökern. Dieser Tisch vor ihr war über und über mit einer neuen Lieferung Kinderbücher belagert, die Alexandra gerade auspackte. Der Laden lief ganz gut, was also sollte falsch daran sein, mit Büchern den Lebensunterhalt zu verdienen? Genau das fragte sie Pia, noch immer etwas gekränkt: »Was ist also bitte falsch an Büchern?«

»Gar nichts ist falsch an Büchern. Außer, wenn man mit ihnen auch noch ins Bett geht.«

»Du bist so was von albern!«

»Lass mich doch. So ein Buch brauche ich dann auch bald.« Pia nahm grinsend das erstbeste vom Stapel und blätterte es durch. »Ach Gott, sind die Bilder niedlich.«

Alexandra warf einen Blick auf die aufgeschlagene Seite und betrachtete das Bild von einem Ritter, der von einem rosaroten Drachen beschnüffelt wurde. »Die Autorin malt alle Bilder selbst. Ich habe sie jetzt ins Programm aufgenommen, nachdem immer wieder nach ihren Kinderbüchern gefragt wird.«

»Kommt die Autorin von hier?«, fragte Pia.

Alexandra schüttelte den Kopf. »Nein, aus Ingolstadt.«

»Schade, eigentlich. Sonst könntest du sie doch mal zu einer Lesung einladen. Mein Kind findet das bestimmt auch spannend.«

»Pia.« Alexandra lachte belustigt auf. »Du bist gerade mal in der ...«

»Neunten Woche.« Pias Gesicht leuchtete vor Glück. »Ich komme eben vom Frauenarzt, willst du das Ultraschallbild sehen?«

Bevor Alexandra etwas erwidern konnte, hatte Pia ein blaues Heft aus der Gesäßtasche gezogen und schlug die erste Seite auf. »Hier, guck mal. Schön gell?«

Alexandra betrachtete die Aufnahme. »Schwarz-weiß – sehr schön! Aber ich kann leider nichts erkennen.«

Pia warf ihr einen vorwurfsvollen Blick zu und deutete mit dem Zeigefinger auf ein längliches Gebilde, das mitten in einer schwarzen Blase lag. »Sieh doch! Hier der Kopf, die Arme, die Beine ...«

»A-ha«, meinte Alexandra und beugte sich nach vorn, schob ihre Brille zurecht, aber mehr als ein wurmähnliches Geschöpf konnte sie immer noch nicht erkennen. »Wie groß ist denn dein Wunderkind jetzt?«

»Fast zwei Zentimeter«, meinte Pia stolz und presste das Heft samt Bild an ihr Herz. »Mein Baby!«

»Dein Wurm!«, meinte Alexandra und betrachtete ihre Freundin liebevoll. Pia glühte vor Glück und ignorierte ihre Stichelei. Schnell trank sie einen Schluck des heißen Kaffees, um das Neidgefühl niederzukämpfen, das sich so unerwartet in ihr ausbreitete.

»Was sagt der werdende Vater?«, fragte sie stattdessen und konnte sich lebhaft vorstellen, wie Alexander reagiert hatte.

»Er platzt fast vor Stolz. Übrigens, wir werden Mama und Fred nichts erzählen und ich bitte dich, ebenfalls den Mund zu halten. Heidi hab ich auch schon einen Maulkorb verpasst. Wir wollen beide überraschen, wenn sie im Oktober wiederkommen.«

»Schöne Überraschung! Als Eltern fahren sie fort, als Großeltern kommen sie wieder.«

»Lexi, du bist nur neidisch.« Pia kniff die Augen zusammen.

»Bin ich nicht!« Alexandra schluckte, dann gab sie es widerstrebend zu. »Ich bin vielleicht ein kleines bisschen neidisch, weil du mit Alex so glücklich bist, aber nicht, weil du ein Baby bekommst. Ich hab genug mit Nathalie und Daniel zu tun.«

»Endlich gibt sie es zu.« Pia stand auf, trat hinter Alexandra und umarmte sie von hinten. »Die Rückkehr von Christian hat dir schön zugesetzt, oder?«

»Hmpf.« Alexandra beschloss, Pias Frage zu ignorieren. »Er kann mich mal. Er soll Nathalie helfen, nicht mehr, nicht weniger.«

»Irgendwann kommt auch dein Ritter ...« Pia nahm das Buch wieder in die Hand, schlug eine Seite auf und zeigte grinsend auf eine Zeichnung im Kinderbuch, auf welcher ein Ritter die Fürstentochter umarmte. »... Ritter Radebrecht. Der knackt dann das dicke Schloss, mit dem du dein Herz ver- barrikadiert hast und wenn er einen Bolzenschneider nehmen muss.« Wieder legte sie das Buch mit einem sehnsüchtigen Blick auf den Stapel zurück.

»So ein Quatsch!«

»Vielleicht findet er ja auch den passenden Schlüssel.« Pia massierte Alexandras Schultern. Alexandra hob den Kopf und musste jetzt lächeln.

»Witzig, dass du das sagst. Alex sagte vor ein paar Monaten fast dasselbe.«

»Ein kluger Mann, mein Mann!« Pia grinste und klopfte ihr freundschaftlich auf die Schulter. »Wer weiß, vielleicht sucht Christian schon kräftig danach.«

»Wohl kaum. Du bist nicht auf dem Laufenden. Christian ist verheiratet.« Alexandra drehte den Kopf und amüsierte sich köstlich über Pias Reaktion: Die starrte sie so erstaunt an, dass Alexandra in ein leises Lachen verfiel.

»Er soll Nathalie helfen, danach trennen sich unsere Wege wieder. Und bis dahin werde ich versuchen, meine Wut auf ihn im Zaum zu halten.« Alexandra stand auf, als ihre Ladentür aufging und eine Kundin lächelnd den Buchladen betrat. »Frau Hollbach, schönen guten Tag. Was kann ich heute für Sie tun?«

»Alexandra, guten Morgen. Ich suche für meinen ältesten Enkel ein Buch. Er geht in die erste Klasse. Was könntest du mir denn empfehlen?« Frau Hollbach nickte Pia zu und folgte Alexandra zum Regal mit den Kinderbüchern.

»Soviel ich weiß, hat Manuel erst vor kurzem mit den Baumhaus-Büchern angefangen. Ich erinnere mich, dass Sabine bei mir die ersten drei Bände bestellt hat.« Alexandra zog ein Buch heraus und reichte es an Frau Hollbach weiter. »Wie geht es eigentlich Daniela? Ich hab sie seit Weihnachten nicht mehr gesehen.«

Frau Hollbach zog erstaunt die Augenbrauen hoch. »Du hast Daniela getroffen?«

»Ja, warum? Sie war bei mir im Laden.«

»Bei dir? Erstaunlich!« Frau Hollbach blätterte im Buch, dann sah sie Alexandra an, als blicke sie durch sie hindurch. »Sie lebt ja in Cardiff. Wir sehen uns kaum. Es kommt mir manchmal vor, als sei es erst gestern gewesen, dass du bei uns ein- und ausgegangen bist.«

Alexandra erinnerte sich daran, wie verändert ihre ehemalige

Klassenkameradin beim letzten Zusammentreffen gewirkt hatte, und merkte sofort, dass Frau Hollbach das Thema peinlich war. Schnell wechselte sie wieder das Thema. »Falls Manuel diesen Band schon hat, können Sie ihn auch gerne umtauschen.«

Pia hatte die Kundin abwesend mit einem Nicken begrüßt. Sie sah, wie die beiden sich unterhielten, aber ihre Gedanken waren ganz woanders. Sie konnte es nicht fassen! Christian war verheiratet. *So ein Arsch!*

Im Gegensatz zu Alexandra, die so tat, als würde sie dies alles gar nichts angehen, war sie sich allerdings sicher, dass sie ihn ihre Wut spüren lassen würde, wenn sich ihre Wege kreuzten. Noch heute würde sie ihm am liebsten den Hals umdrehen, wie damals, als Alexandra ihr von der Trennung erzählt hatte. Er hatte sich ein schönes Leben gemacht, während Alexandra vergessen hatte, ihres zu leben.

Na warte, Freundchen! Irgendwann treffe ich dich, dachte sie voller Schadenfreude, trank ihren Kaffeebecher aus und knallte ihn energischer als gewollt auf den Tisch. »Ich muss mal wieder rüber. Wiedersehen, Frau Hollbach. Wir sehen uns, Lexi.«

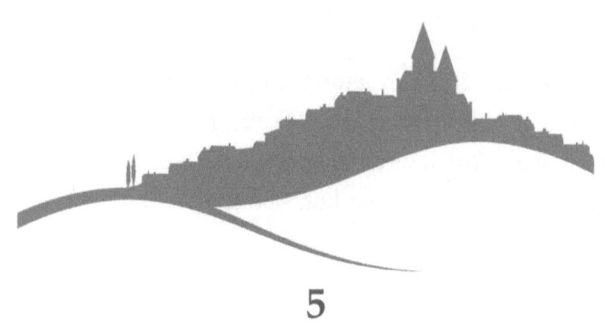

5

»Am liebsten wäre mir ja, Svea würde diese Hochzeit noch einmal verschieben und mit diesem ...« Eine längere Pause entstand, bevor Christians Mutter weitersprach. »Nein, ich werde jetzt nicht ausfällig. Aber das wird nicht gutgehen. Ich bilde mir immer ein, dass David nicht ehrlich ist. Er spielt ihr und uns irgendetwas vor.«

»Falls es dich tröstet, ich kann ihn auch nicht leiden. Vor allem, als ich gesehen habe, wie er dein Haus und das Grundstück taxiert hat. Ich habe regelrecht die Dollarnoten in seinen Augen aufblitzen sehen.« Christian betrachtete stolz seine Mutter, die immer noch eine wunderschöne Frau war. Ihre inzwischen ganz ergrauten Haare standen ihr vorzüglich, ihre schlanke, hochgewachsene Gestalt war in sportliche Kleidung gehüllt und wäre nicht der verhärmte Zug um ihre Augen gewesen, dann hätte man geglaubt, sie wäre eine glückliche Frau im besten Alter.

Da fiel im plötzlich ein, was er schon lange fragen wollte. »Hast du vielleicht die Telefonnummer von Dominic?«

Seine Mutter schüttelte den Kopf. »Er hat damals in einer Nacht- und Nebelaktion seine Sachen geholt und ist verschwunden. Er hat sich nicht mal verabschiedet.« Seine

Mutter klang enttäuscht, was er gut verstehen konnte. Sveas ehemaliger Freund war immerhin jahrelang, wie ein Mitglied der Familie hier ein- und ausgegangen. Svea hatte Dominic damals im Konfirmandenunterricht kennengelernt. Danach waren sie unzertrennlich gewesen, bis Svea letzten Herbst mit einer Freundin in den Urlaub geflogen war, weil Dominic nicht freibekommen hatte. Anschließend hatte sie sich auf der Stelle von Dominic getrennt und war mit David zusammengezogen, den sie jetzt ziemlich überstürzt auch noch heiraten wollte.

»Ich hoffe bloß, Svea wird nicht irgendwann mal so abgefertigt, wie sie es mit Dominic gemacht hat. Ich verstehe sie nicht. Sie ist wie geblendet. Sie will es einfach nicht wahrhaben. Aber lass uns von was anderem reden. Schade, dass Chloé heute keine Zeit hatte.« Seine Mutter räumte das benutzte Kaffeegeschirr in die Spülmaschine und wischte den Tisch ab.

»Dienst ist Dienst.« Christian zuckte mit den Schultern.

»Christian, was ist los?« Seine Mutter drehte sich zu ihm um und nahm ihn gründlich in Augenschein. »Kann es sein, dass du Sorgen hast?«

»Keine, die dich auch noch belasten müssten, Mutter.« Er lächelte und strich ihr beruhigend über den Oberarm, dann durchquerte er die Küche und lehnte sich an den Raumteiler, der Küche und Essbereich voneinander abtrennte. Er starrte durch die großflächigen Sprossenfenster in den Garten. Hier war er aufgewachsen, hier hatte er jeden Mittag mit seinen Freunden verbracht. Hier oder im angrenzenden Nachbargarten hatte immer eine Horde von Kindern gespielt oder im Haus waren laute Stimmen und Gelächter zu hören gewesen.

Doch das gab es schon lang nicht mehr. Wenn er darüber nachdachte, eigentlich von dem Moment an, in dem sein Vater ausgezogen war. Seither lebte seine Mutter, die schon immer ein Arbeitstier gewesen war, ausschließlich für ihren Beruf als Ärztin. Vermutlich kam sie lediglich zum Schlafen in dieses große, leblose Haus, dennoch weigerte sie sich, es zu verkaufen. Seit er wieder hier in Deutschland war, fragte er sich ständig, wann aus seiner lebensfrohen Mutter, der einsame Mensch geworden war, der sie nun zu sein schien?

Er beobachtete außerdem voller Sorge, dass sie entweder im Krankenhaus oder in der Einsatzzentrale der Notarzt-Staffel aufzufinden war. Er hatte in der Ferne nicht einmal ansatzweise geahnt, dass seine Mutter so einsam lebte. Seitdem auch noch Pias und Alexanders Eltern für ein Jahr im Ausland waren, schien sie keinerlei soziale Kontakte zu pflegen. Als er sie gestern im Krankenhaus zwischen OP und Station hatte kurz abfangen können, war er ihr Unbehagen übergangen und hatte sich zum Kaffee bei ihr eingeladen, um mit ihr über die anstehenden Hochzeitsvorbereitungen seiner Schwester zu reden. Nachdem er seinen zukünftigen Schwager nun auch kennengelernt hatte, konnte er nachvollziehen, warum seine Mutter lieber erst gar nicht darüber reden wollte. Trotzdem nahm er seine Aufgabe als Trauzeuge ernst und wollte seiner Schwester einen schönen Tag bereiten, auch wenn alle der Meinung waren, dass sie sich damit eher ins Unglück stürzen würde, als in eine glückliche Ehe. Aber da war er wohl kaum in der richtigen Position, sich ein Urteil erlauben zu können, schließlich war seine Ehe auch nicht …

Er dachte den Gedanken nicht zu Ende, denn er nahm eine

Bewegung am Zaun des Nachbargartens wahr und beugte sich vor, um besser sehen zu können.

»Ich traue meinen Augen nicht.«

»Warum? Sind schon wieder Rehe im Garten?«, fragte seine Mutter und trat näher.

»Eher ein ziemlich flotter Hase.« Christian grinste breit. »Ist das wirklich Pia, da im Garten?«, fragte er seine Mutter, stellte sein Glas ab und trat näher an die Scheiben.

»Tja, aus Kindern werden Leute.« Heidi trat neben ihn und gemeinsam sahen sie Pia zu, wie diese mit dem Pampasgras kämpfte, das sie von der Winterverpackung aus Sisal und langen Schnüren befreite.

»Ich gehe mal schnell guten Tag sagen.« Christian öffnete die Terrassentür und ging, ungeachtet der Tatsache, dass es heute doch wieder ziemlich kühl war, ohne Jacke quer durch den Garten auf das andere Grundstück zu. Schon von weitem breitete er die Arme aus und rief freudestrahlend: »Hey, Prinzessin. Lass dich mal knuddeln.«

Als sie den Kopf hob, lediglich einen eisigen Blick auf ihn abschoss, stockte er und verharrte kurz, bevor er langsam weiterging.

»Hallo, Pia«, meinte er leicht verunsichert.

»Christian.« Pia hob weder den Blick, noch hielt sie in ihrer Arbeit inne.

»Ich ... Äh ... ich freue mich, dich zu sehen.« Christian hatte sich selten so unwohl gefühlt, wie in diesem Moment, in dem Pia endlich den Kopf hob, ihm direkt in die Augen starrte und schließlich eiskalt verkündete: »Das kann ich von mir nicht behaupten.«

Christian schnappte nach Luft, doch schnell fing er sich wieder. Er steckte seine Hände in seine Jeans und versuchte, ihrem Blick standzuhalten. »Wow, Pia. Wie früher. Eine klare, eindeutige Ansage. Dagegen war Lexi geradezu freundlich.«

»Das mag daran liegen, dass sie gerade andere Probleme hat. Ich nicht!« Pia setzte zu ihrer Rede an, die sie sich für ihn zurechtgelegt hatte. »Wag es ja nicht, ihr ... Tucker sitz!«

Pia stoppte ein braunes Fellbündel, das wie aus dem Boden gewachsen, plötzlich an ihm hochsprang. Sie zog den Hund an seinem Halsband zurück und sah erst den Hund, der den Kopf schräg legte und zu grinsen schien, dann ihn giftig an. »Wag es ja nicht, Alexandra irgend ...«

Wieder wurde sie unterbrochen, denn plötzlich tauchte ein großer, kräftiger Mann mit langen wirren Locken hinter Pia auf und lachte Christian ungläubig an.

»Christian – alter Schwede. Ich fasse es nicht.«

Als Pia lautstark einen Fluch von sich gab und irgendetwas Unverständliches brummte, schob der Mann sie aus dem Weg und kam näher.

»Alex! Mensch, du siehst aus wie früher.« Christian atmete erleichtert aus, als Alexander breit grinsend die Arme ausbreitete. Freundschaftlich umarmten sie sich und Alexander schlug ihm kameradschaftlich auf die Schulter.

»Wow, ich freue mich, ich wusste zwar, dass du wieder in der Nähe bist, aber irgendwie haben wir uns immer verfehlt. Komm, lass uns ein Bier auf deine Rückkehr trinken.«

Pia, die die Begrüßung stumm beobachtet hatte, schüttelte missmutig den Kopf und warf das Bündel mit den abgeschnittenen Grashalmen, das sie aufgesammelt hatte, in den danebenstehenden Schubkarren. »Männer! Alex, wie kannst du nur?«

»Was denn?« Alexander stutzte und wandte den Kopf zu Pia. »Schatz, was hab ich jetzt wieder verbrochen?«

»Der ...«, Pia deutete auf Christian. » ... kommt mir nicht ins Haus. Verstanden! Ihr könnt hier gern weitermachen und anschließend meinetwegen ein Bier trinken gehen, aber nicht in unserem Haus.«

»Aber, Pia. Jetzt mach mal halblang.« Alexander breitete die Arme aus und zuckte hilflos mit den Schultern.

Christian entging nicht das zärtliche Lächeln, das Pia nun über das Gesicht huschte und beobachtete verwundert, wie Pia auf Alex zuging und ihm den Zeigefinger in die Brust bohrte. »Du schläfst heute Nacht in deinem Zimmer, wenn der hier die Schwelle übertritt.«

»Das kannst du nicht ...« Alexander verschluckte die letzten Worte und nickte. »Alles klar! Deine Solidarität mit Lexi in allen Ehren, aber es ist Jahre ...«

»Bitte, wenn du dein Zimmer vorziehst«, meinte Pia ruhig und wieder verschluckte Alexander seine Worte. Stattdessen zog er die Stirn in Falten, grinste erst Christian an und sah dann kopfschüttelnd Pia hinterher, die ohne ein weiteres Wort zum Haus eilte und durch die Hintertür verschwand.

»Wow! Das war mit Abstand der größte Wutausbruch, den ich je von Pia erlebt habe. Falls du jetzt irgendwelche Schwierigkeiten bekommst, dann lassen wir das mit dem Biertrinken. Vielleicht hilft es, wenn wir hier aufräumen?« Christian beugte sich nach unten und sammelte einen Arm voll langer Pampasgrashalme auf.

»Ach was. Die beruhigt sich schon wieder.« Schweigend beluden sie den Schubkarren. Alexander nahm schließlich den Rechen und sammelte die Reste zusammen.

»Eure Eltern sind in Indonesien, hat mir meine Mutter erzählt«, nahm Christian irgendwann das Gespräch wieder auf.

»Nee, auf den Salomonen. Noch bis Oktober, wir hüten Haus, Hund und Tobi. Der ist leider nicht da, du wirst dich wundern, wie groß er geworden ist.«

»Und was war das für eine wüste Drohung mit deinem Zimmer?«, konnte sich Christian nicht verkneifen, zu fragen.

Sein Freund streichelte den Hund, der jetzt angesprungen kam, hob den Kopf, grinste breit über das ganze Gesicht. »Tja, die Zeiten ändern sich. Pia und ich ...«, Christian bemerkte, wie sein Blick sich veränderte, sobald er Pias Namen ausgesprochen hatte, und hörte staunend weiter zu. »... sind ein Paar. Wir werden im Herbst heiraten.«

»Ach was?«, rutschte ihm heraus. »Na dann, herzlichen Glückwunsch.«

»Danke! Und wie geht es dir so? Ich hab gehört, du bist auch vergeben.«

»Stimmt.« Christian versuchte neutral zu klingen, was ihm offenbar misslang, denn Alexander hakte sofort nach: »Das klingt aber nicht begeistert.«

»Wir haben gerade eine Krise, aber lassen wir das.«

»Falls du reden willst, ich stehe immer noch zur Verfügung. Du weißt ja, alte Freunde halten zusammen.«

»Wie Pia und Lexi!«

»Tja, an die Frauenfreundschaften kommen wir nie ran. Apropos Lexi, wie war deine erste Begegnung mit ihr?«

»Sie ist eiskalt und zieht knallhart durch, was sie mir damals angedroht hat.«

»Das da wäre?«

»Dass sie tut, als wäre ich Luft. Sie hat mich rigoros ignoriert. Ich hoffe, das legt sich noch. Sollte Nathalie sich für eine Operation entscheiden, was ich hoffe, müssen wir sehr viel reden. Die Operation ist schließlich nicht ganz ohne.«

»Stehen die Chancen wirklich so gut, wie Pia erklärt hat?« Alexander pfiff nach Tucker, warf einen Stock quer durch den Garten und der Hund jagte davon.

»Ich bin mir ziemlich sicher, dass ich ihr helfen kann, aber erst muss ich noch weitere Untersuchungen veranlassen.«

In diesem Moment war ein Klingelton zu hören. Christian zog ein großes Smartphone aus seiner Hosentasche und entschuldigte sich bei Alexander.

Der hob die Hand. »Schon gut, die Pflicht geht vor.«

»Wartmann«, Christian meldete sich und ein Lächeln überzog sein Gesicht. »Gut, dann seid bitte kommenden Montag um acht Uhr auf Station zwei in der Neurochirurgie. Ich sage der Oberschwester Bescheid. Wir machen noch ein paar Untersuchungen, dann unterhalten wir uns. Lexi, ich bin sicher ...« Er brach ab und starrte sein Handy an. »Sie hat einfach aufgelegt. Na, das kann ja heiter werden.« Christian schüttelte den Kopf.

»Ich schätze, wir brauchen mehr als ein Bier. Komm, wir räumen hier Pias Abfall weg. Dann lass uns verschwinden und wie früher, wichtige Männergespräche führen.«

»Mensch, Alex. Erst jetzt merk ich, wie sehr du mir gefehlt hast.« Christian fühlte, wie ihm ein Stein vom Herzen fiel.

In all den Jahren in Texas hatte er zwar Freunde gewonnen, aber den guten Kumpel, den er trotz des Altersunterschiedes von drei Jahren immer in Alexander gesehen hatte, hatte er dort nicht ansatzweise gefunden.

Vielleicht ergab sich ja auch die Chance, irgendwann mal mit Alexander über sein größtes Problem zu reden.

Tabea Lier schloss die Tür des Fotostudios sorgfältig ab. Dann rüttelte sie noch einmal sicherheitshalber daran.

»Das war aber ein langer Tag«, hörte sie eine Stimme hinter sich. Sie drehte ich um und erkannte Till Winter, der über dem Fotostudio seine Wohnung hatte und ihnen immer mal wieder einen Besuch abstattete.

»Ich war auf einer goldenen Hochzeit. Jetzt hab ich die Bilder schnell noch gesichert und meine Ausrüstung versorgt. Und du? Du siehst aus, als hättest du ein heißes Date.« Sie musterte ihn. Er trug eine enge Jeans, ein kariertes dunkles Hemd und eine glänzende Lederjacke. Seine Haare hatte er mit Gel so gekonnt frisiert, dass es schon wieder natürlich aussah.

»Ha, schön wär's.« Till schüttelte den Kopf. »Hast du Lust mit mir essen zu gehen?«

Tabea, die neben ihm herlief, blieb abrupt stehen. »Nein, sorry. Aber ich gehe nicht aus. Du weißt warum.«

»Wir gehen ja auch nicht aus. Wir gehen nur unserem Grundbedürfnis der Nahrungsaufnahme nach.«

Tabea lachte leise auf, als sie seine Worte vernahm. »Die

Antwort war jetzt so gut, dass du mich damit glatt überredet hast. Außerdem habe ich tierischen Hunger.«

»Dann habe ich eine Idee.« Till lotste sie durch eine schmale Gasse, bis sie an deren Ende vor einem freistehenden Fachwerkhaus standen, zu dem eine schmale und steile Steintreppe hinaufführte. Tabea ließ den Blick über das winzige Fachwerkhaus und die Leuchtreklame gleiten, die in roter Schrift den Namen »Pole« verkündete. Irritiert sah sie sich um. Auf dem Vorplatz stand eine alte knorrige Linde, deren ausladende Äste fast den Boden berührten. Sie wunderte sich, dass ihr dieses Haus bei ihren bisherigen Entdeckungsspaziergängen entgangen war.

»Wie wär's hiermit?« Till deutete auf den Eingang. »Falls du Lust hast, später zu tanzen, können wir anschließend noch runter in den Keller.« Er zog sie weiter und sie entdeckte einen Seiteneingang, der als Gegensatz eine schrille neongrüne Beleuchtung hatte – »Dance«.

»Das ist nicht dein Ernst?«, fragte sie ihn ungläubig. »Pole-Dance. Nee, oder?«

»Pool nicht Pole. Billard ... Pool und Dance«, korrigierte er und aus seinen Augen sprühte der Schalk. »Du spielst nicht zufällig Billard?«

»Billard?« Tabea betrachtete erneut das Schild der Kneipe, tatsächlich dort stand: P-o-o-l. »Pool gleich Billard«, wiederholte sie erleichtert.

»Ja, genau. Das Spiel mit den sechzehn Kugeln und dem langen Stecken.« Er deutete einen Stoß an.

»Queue!« Tabea schüttelte den Kopf. »Der Stecken heißt Queue. Und ja, ich spiele es – ein bisschen wenigstens.«

Till schlug sich mit der Hand auf die Brust. »Mein Abend ist gerettet. Dafür lade ich dich sogar ein. Folge mir in die urigste Kneipe, in der du je gewesen bist.«

Tabea schüttelte amüsiert den Kopf und folgte ihm – allerdings mit sehr gemischten Gefühlen.

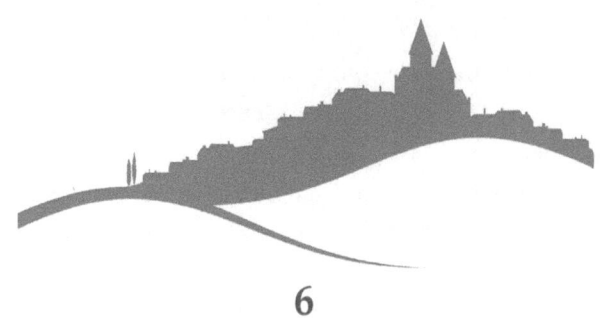

6

»Entschuldigung, störe ich?« Alexandra betrat am Mittwochnachmittag Nathalies Krankenzimmer, in welchem sie Nathalie am Montagmorgen abgeliefert hatte. Und nun fand sie ausgerechnet denjenigen bei Nathalie vor, den sie mit Sicherheit nicht sehen wollte – Christian.

Verdammt, irgendwann musste sie ja Pech haben! In den drei Tagen, die Nathalie nun in der Klinik war und mit erstaunlicher Gelassenheit die unterschiedlichsten Tests und Untersuchungen über sich ergehen ließ, hatte sie es erfolgreich geschafft, Christian aus dem Weg zu gehen. Jetzt war ihre Glückssträhne wohl zu Ende.

»Nein, komm rein. Ich wollte sowieso kurz mit dir sprechen.« Christian stand auf und streckte Alexandra zur Begrüßung die Hand entgegen, die sie allerdings ignorierte, da ihr sofort auffiel, dass Nathalie heute alles andere als gelassen war und stattdessen von einem Weinkrampf durchgeschüttelt wurde.

»Was hast du mit meiner Schwester gemacht?«, blaffte sie ihn an.

»Lexi, lass ihn. Ich bin nicht traurig, ich freu mich.« Nathalie griff erstaunlich zielsicher nach Alexandras Arm und drückte ihn. Wie so oft war Alexandra verblüfft, wie intuitiv Nathalie die Nähe von Menschen spürte.

»Sicher?«

»Ja. Christian ist jetzt sicher, dass er wenigstens mein linkes Auge retten kann. Ich freue mich so.« Nathalies Gesicht überzog ein so glückliches Strahlen, das Alexandra in dieser Form schon lange nicht mehr an ihr gesehen hatte.

»Wirklich?« Sie drehte sich zu Christian und sah ihn misstrauisch an.

»Beim linken Auge bin ich mir sicher. Beim rechten kann ich vor der Operation keine Prognose abgeben. Wir möchten morgen die OP durchführen. Es ist gut, dass du da bist, dann schicke ich euch nachher Frau Doktor Harrison vorbei.«

»Wer soll das sein? Ist Frau Doktor Wahl nicht dabei?« Alexandra hatte Sorge, dass die Ärztin, zu der Nathalie von Anfang an Zutrauen gefasst hatte, nicht dabei war.

»Doch, doch. Keine Sorge. Frau Doktor Harrison ist die zuständige Anästhesistin. Sie ist ...«

»Ich habe schreckliche Angst vor der Narkose«, platze Nathalie dazwischen.

»Wir wissen das, Nathalie. Und wir haben alles im Team besprochen. Frau Doktor Wahl wird mir assistieren, Doktor Harrison ist direkt bei dir und ich – ich operiere. Das bekommen wir schon hin.« Er strich Nathalie beruhigend über den Arm und wandte sich wieder an Alexandra. »Hast du vielleicht eine halbe Stunde Zeit? Wir könnten kurz in die Cafeteria gehen, dann erkläre ich dir alles.«

»Können wir das nicht hier besprechen?«, erkundigte sich Alexandra.

»Ich möchte Nathalie nicht noch mehr verunsichern, aber wir sollten noch ein paar offene Fragen klären. Bitte, sei so gut. Ich verspreche, auch nicht zu beißen.«

Alexandra runzelte als Antwort lediglich die Stirn.

»Geh ruhig, Lexi. Christian hat mir alles schon zweimal erklärt. Ich höre derweil Musik.«

Danke Nathalie! Alexandra verfluchte ihre Schwester wortlos.

»Tja, dann. Ich komm aber gleich wieder.« Sie schnappte ihre Handtasche, die sie auf den Stuhl geworfen hatte, und folgte Christian mit einem mulmigen Gefühl.

Auf dem Gang blieb sie aber zunächst erstaunt stehen, als sie eine bekannte Gestalt mit hängenden Schultern Richtung Aufzug trotten sah.

»Geh schon mal vor. Ich muss hier noch was erledigen.« Sie ließ Christian stehen und eilte in die andere Richtung.

»Jan, warte mal«, rief sie in Richtung Aufzug. Die Gestalt, die eben auf den Knopf für den Aufzug drückte, drehte sich erstaunt um.

»Lexi!«

»Jan, was machst du hier?«

Jan lief knallrot an, senkte peinlich berührt den Kopf und schwieg.

»Wolltest du zu Nathalie?«, hakte sie vorsichtig nach.

»Eigentlich schon, aber sie wird mich eh nicht sehen wollen.« Jan verdrehte die Augen, als ihm sein Patzer bewusst wurde, und er schob nervös seine Brille nach oben. »Entschuldige, ich meine natürlich, sie wird nicht mit mir reden wollen.«

»Ein Versuch ist es doch wert, findest du nicht? Sie redet zwar nicht von dir ...«

»*Nicht?* Na, dann scheint sie mich ja nicht zu vermissen.« Er wandte sich um und wollte den wartenden Aufzug betreten, doch Alexandra hielt ihn an seiner Jacke fest.

»Jan, jetzt warte doch mal und lass mich ausreden.« Sie wunderte sich, wann aus dem Teenager unbemerkt der junge Mann geworden war, der nun vor ihr stand. Ein schmales Gesicht, das von der schwarzen, modischen Brille dominiert wurde, hinter der sie kluge, blaue Augen neugierig ansahen. Seine Akne war noch sichtbar, aber schon heute von einem dunklen Bartwuchs verdeckt, den er sorgfältig gestutzt hatte und die Haare fielen ihm flott geschnitten in die Stirn. Ebenmäßig weiße Zähne zeigten sich, als er die Lippen zu einem wehmütigen Lächeln verzog.

»Also, leg los. Was willst du mir schonend beibringen?«, fragte er und schob die Hände in seine Gesäßtaschen.

»Ich will dir gar nichts schonend beibringen. Ich wollte dir nur erklären, dass sie dich vermisst und deshalb nie über dich redet.«

»Ehrlich?« Jan rückte seine Brille zurecht.

»Ehrlich! Ich weiß, dass ihr gestritten habt. Aber das ist ja nicht das erste Mal.« Beide hatten immer wieder heiße Gefechte ausgetragen, aber am Ende hatten sie sich stets einträchtig versöhnt.

»Sie bedeutet mir alles, schon immer. Aber sie glaubt es mir nicht.« Jan trat sichtlich nervös von einem Bein aufs andere, er schluckte und sein Adamsapfel hüpfte auf und nieder. »Egal was ich gesagt habe, es geht nicht in ihren verbohrten Schädel rein, dass es mir egal ist, ob sie sehen kann oder nicht.«

»A-ha. Meine Schwester wie sie leibt und lebt. Stur wie ein Maulesel. Zimmer zweiundfünfzig.« Sie deutete auf eine der Türen. »Hast du bisher etwa auf Nathalie gehört?«

Jan schüttelte jetzt grinsend den Kopf. »Nicht wirklich.«

»Dann geh zu ihr. Sie hat gute Neuigkeiten zu berichten. Falls sie vor Wut schäumt, schieb's halt auf mich.« Sie gab Jan einen aufmunternden Klaps auf den Rücken und schob ihn vorwärts. »Ich bin eine halbe Stunde weg. Mach schon!«

»Danke, Lexi.«

»Was kann im schlimmsten Fall passieren?«, Alexandra stellte ihre Frage, noch ehe sie überhaupt richtig am Tisch saß, an dem Christian bereits Platz genommen hatte. Vor ihm standen zwei dampfende Cappuccinos.

»Vielleicht möchtest du erst mal einen Schluck Cappuccino trinken.« Christian deutete auf die Tasse, die er ihr hinschob, dabei ließ er den Blick über sie gleiten. Heute sah sie irgendwie anders aus, die roten Haare waren zu einem Pferdeschwanz zusammengebunden und ihre Augen hinter der Brille ...

Genau das war es! Sie hatte heute eine randlose Brille auf, die ihrem Gesicht und ihren weichen Zügen mehr schmeichelte, als das dunkle Gestell vom ersten Zusammentreffen.

»Danke. Aber ich habe nicht lang Zeit. Ich muss wieder in den Laden.«

»In welchen Laden?«

Alexandra nippte an dem Cappuccino und leckte sich

anschließend den Milchschaum von den Lippen. »In meinen Buchladen.«

»Aber ...«, er brach ab und begann von neuem. »Hast du dein Studium nicht fertiggemacht?«

Alexandra fauchte ihn postwendend an. »Du wirst es kaum glauben, aber nach dem Tod meiner Eltern hatte ich wirklich andere Sorgen, als mich um mein Studium zu kümmern.«

»Du hattest ein Stipendium, sogar eine Doktorandenstelle in Aussicht.«

»Und? Ich muss meine zwei Geschwister und mich ernähren. Also, was kann passieren?«

»Lexi! Ist es nicht möglich, wenigstens einigermaßen normal miteinander zu reden?« Christian blickte sie genervt an.

»Nein, denn wenn du nicht unsere letzte Rettung wärst, würde ich dich geradewegs zum Teufel schicken!«

Sie reckte ihr Kinn und ihre Augen blitzten ihn hinter den Brillengläsern herausfordernd an. Christian seufzte leise in sich hinein. »Lexi, jetzt bist du echt albern.«

»Mag sein. Würdest du mir jetzt freundlicherweise erklären, warum du mich hergebeten hast?«

Ihrer Stimme konnte er entnehmen, dass sie nicht gewillt war, Small Talk zu machen und sich nicht scheuen würde, ihn hier sitzenzulassen, wenn es ihr zu bunt wurde.

»Okay-okay. Die Operation ist nicht einfach und birgt wie jeder Eingriff Risiken.«

»Was heißt das genau?«

»Im schlimmsten Fall könnte ich die Sehnerven irreparabel schädigen. Allerdings habe ich die Operation schon dutzende Male durchgeführt, was aber nicht heißt, dass ...«

»Erspar mir die schrecklichen Details. Ich möchte lieber so tun, als ob alles gut wird. Sie wird also ziemlich sicher auf dem linken Auge wieder sehen können?«

»Lexi, genaue Prognosen mag ich nicht geben. Wenn alles, wirklich alles glatt läuft, ja.«

Erleichterung huschte über ihr Gesicht und zum ersten Mal hatte er den Eindruck, dass etwas von der Anspannung von ihr wich. Er konnte kaum den Blick von ihr reißen. Sie sah reifer und fraulicher aus, trotzdem war das da seine Alexandra, wie er sie kannte und in Erinnerung hatte. Entschlossen, willensstark und kämpferisch, wie sie ihm mit dem nächsten Satz sogleich wieder bewies:

»Dann zeig' morgen einfach mal, was du in deinem ach so tollen Texas gelernt hast.«

Jetzt stöhnte er genervt auf, verkniff sich aber eine Erwiderung. »Wir sollten doch besser sachlich bleiben. Ich möchte noch einmal betonen: Die Operation an sich ist sehr schwierig. Nur, wenn alles gut geht, dann sieht sie links wieder. Die vielen Tests haben es bestätigt. Der linke Sehnerv ist noch intakt. Er wird nur durch den Tumor beeinträchtigt. Entlasten wir ihn, dann wird er sich erholen. Sie braucht zwar eine Brille, aber sie sieht wieder. Rechts waren die Testergebnisse leider nicht so gut. Aber Endgültiges kann ich sowieso erst nach der Operation sagen. Ich möchte dir trotzdem die Einzelheiten erklären, wie wir vorgehen werden.«

»Du weißt schon, dass das für uns wie ein Wunder ist.« Alexandras Stimme klang überraschend weich und sie zeigte für Bruchteile von Sekunden ihr Lächeln, wurde aber sofort wieder ernst. »Wird es narkosetechnisch Probleme geben?

Keiner konnte mir damals sagen, warum Nathalie nicht wach wurde.«

»Wir haben heute Morgen darüber gesprochen. Die Operation damals war völlig komplikationslos. Sie hatte weder eine allergische Reaktion, noch eine Nachblutung. Laut Bericht war es ein lehrbuchmäßiger Verlauf. Meine ... Kollegin ... wird mit euch beim Aufklärungsgespräch zur Narkose alles besprechen. Ich würde dir gerne noch erklären, wie wir genau vorgehen. Wir werden nämlich durch die Nase operieren.« Er skizzierte einen Schädel von der Seitenansicht und sah auf, als Alexandra stöhnte.

Sie winkte aber ab. »Entschuldige, nicht so mein Thema. Mach weiter, ich versuche, es nicht zu bildhaft zu nehmen.«

»Schreibst du immer noch?«, rutschte ihm heraus.

»Ginge dich das irgendetwas an?«

»Ich war nur neugierig«, verteidigte er sich.

Sie schwieg hartnäckig.

»Nun gut, dann weiter.« Er begann, ihr Schritt für Schritt die geplante Operation zu erklären.

Als Christian nach langen Minuten den Stift zur Seite legte, fragte Alexandra ihn mit zusammengepressten Lippen. »Wie geht es nach der Operation weiter?«

Ihre blühende Phantasie hatte seine Schilderungen zu Bildern umgewandelt, sodass sie Mühe hatte, ihren nervösen Magen zu beruhigen.

»Sie kommt erst mal auf die Intensivstation und wird beobachtet, bis sie wach ist.«

»Und wann wird sie dann auf die normale Station verlegt?«

»Ich denke am Freitagmorgen. Ich kann dich gerne anrufen, wenn du mir deine Nummer gibst.«

»Die Schwestern haben meine Daten.« Sie blickte nicht auf, froh, dass sie einigermaßen cool geblieben war. »War's das?«

»Eigentlich schon. Wie gesagt, ich schicke euch gleich die Anästhesistin hoch, die hat noch einige Fragen.«

»Danke, dass du dir die Zeit genommen hast.« Alexandra stand auf.

»Bist du mit jemandem zusammen?«, platzte Christian heraus.

»Nein.« Alexandra sah ihn nicht an, während sie ihre Tasche von der Lehne nahm und sich umhängte. »Dazu hatte ich keine Zeit.«

»Wenn ich die Zeit zurückdrehen könnte, würde ich es tun und versuchen, dir zu helfen ...«, er brach ab und suchte nach Worten. »Das war bestimmt nicht einfach für dich in den letzten Jahren. Ich weiß, das ist keine Entschuldigung. Aber ich stand hilflos daneben und musste zusehen, wie die Lexi, die ich gekannt habe, von jetzt auf nachher auf Nimmerwiedersehen verschwand. Ich hatte bis zuletzt gehofft, dass du wenigstens zum Flughafen kommst.«

Alexandra zuckte mit den Schultern und dachte daran, wie sehr sie damals in Versuchung gewesen war, genau das zu tun. »Was hätte es geändert? Du hattest deinen Standpunkt und bist keinen Millimeter abgerückt. Ich hatte eine Verantwortung hier, der ich mich nicht entziehen konnte.«

»Ich befürchtete damals, du tauschst unsere Liebe dagegen ein.«

»Nein! Christian, das hast du gemacht! Ich wollte auf dich warten, was sind zwei Jahre gegen ein Leben?«

»Lexi ...«

Sie hörte nicht mehr zu, ließ ihn stehen und eilte quer durch das Krankenhaus zu Nathalie.

7

Nathalie schien gar nicht erfreut, denn sie empfing Alexandra mit zusammengepressten Lippen und verkniffenem Gesichtsausdruck.

Vom Regen in die Traufe, dachte Alexandra.

»Super, nicht auch noch du.« Alexandra ließ sich gefrustet auf den Stuhl neben Nathalies Bett sinken.

»Bist du wahnsinnig?«, wurde sie auch schon wütend angefaucht.

»Warum?« Alexandra stellte sich erst mal dumm.

»Ich will Jan nicht hier haben. Wie konntest du ihn anrufen!«

»Das hab ich nicht! Nathalie, er ist allein hierhergekommen. Ich habe ihn vorhin nur durch Zufall getroffen. Er vermisst dich doch – ist er schon weg?«

Nathalies Mund verzog sich urplötzlich zu einem Grinsen. »Ja, aber er kommt morgen früh noch einmal vor der Schule. Ich hab ihn nicht fortgejagt. Aber ...«

»Was aber?« Alexandra nahm Nathalies Hand. »Jan hat dich schrecklich gern, Nathalie. Er ist genauso unglücklich wie du und er will bei dir sein. Sei doch froh, dass du so einen treuen Freund hast. Oder magst du ihn denn nicht mehr?«

»Doch, er hat mir furchtbar gefehlt.« Nathalie liefen Tränen über die Wangen.

Alexandra setzte sich zu ihr aufs Bett und nahm sie tröstend in den Arm. »Alles wird gut, Spatz. Glaub es mir. Wir warten jetzt auf die Anästhesistin und dann muss ich mich sputen, damit ich Daniel rechtzeitig vom Fußball abholen kann.«

Sie hatte kaum ausgesprochen, als es kurz klopfte und die Tür aufschwang. Alexandra drehte den Kopf und sah, wie eine Ärztin an der Tür stoppte, erst Nathalie, dann sie kurz betrachtete, sich sichtlich straffte und dann ins Zimmer trat.

»Guten Tag. Ich bin Doktor Harrison, die Anästhesistin und ich werde Sie morgen bei der Operation betreuen.« Doktor Harrison trat zu Nathalie und reichte ihr die Hand, die sie erstaunlich lange festhielt. Alexandra hatte den Eindruck, als würde sich die Ärztin erneut einen Ruck geben, bevor sie sich an sie wandte. »Ich nehme an, Sie sind Nathalies Vormund?«

»Alexandra Frey. Ja, ich bin Nathalies Schwester und Vormund.« Alexandra konnte nicht erklären, warum, aber sie kam sich unter der frostigen Musterung, der sie sich unterzogen sah, etwas seltsam vor und redete einfach weiter. »Unsere Eltern sind tot.«

Die Ärztin nickte und schwieg. Dann schaute sie sich um und zog einen Stuhl ans Bett. Diesen Augenblick nutzte Alexandra, um die Ärztin ebenfalls gründlich in Augenschein zu nehmen. Sie war vermutlich Ende dreißig, groß, hatte wellige, dunkelblonde Haare und eine auffallend lange, himmelwärts gebogene Nase, die ihr ein sympathisches Aussehen verlieh. Ihre Augen signalisierten jedoch eindeutig das Gegenteil, wie Alexandra bemerkte, sobald sich ihre Blicke trafen.

Oha! Mit der ist nicht gut Kirschen essen, dachte sich Alexandra und drückte unmerklich Nathalies Hand.

»Ich muss Ihre Schwester kurz untersuchen und dann gehen wir Schritt für Schritt den Narkoseaufklärungsbogen durch.«

»Selbstverständlich«, murmelte Alexandra und fühlte nun den Händedruck ihrer Schwester. Schweigend sah sie zu, wie Nathalie von der Ärztin akribisch abgehorcht, abgetastet und zu ihrem Allgemeinzustand befragt wurde. Sie bemerkte voller Sorge, dass Nathalies Antworten immer zögerlicher kamen.

»Hast du Probleme mit der Atmung?«

»Nö.«

»War mal was mit dem Herzen?«

»Nö-ö.«

»Treibst du Sport?«

»Wie soll das bitte gehen?« Nathalie versteifte sich.

Die Ärztin sah kurz auf, fragte dann aber weiter.

»Allergien?«

»Nicht, dass ich wüsste.«

Alexandra entnahm der Äußerung sofort die ängstlichen Untertöne. Der Ärztin schien dies jedoch nicht aufzufallen, denn sie setzte mit ihrer nächsten Feststellung noch eines drauf. »Sicher? Denn das könnte zu einem Schock führen.«

Die gehörte erst gar nicht auf die Patienten losgelassen. In Alexandra kochte der Zorn hoch.

»Wie meinen Sie das?« Nathalie hatte Tränen in den Augen.

Blöde Zicke! Inzwischen brodelte es in Alexandra und sie unterband energisch die nächste Frage. »Das reicht! Merken Sie eigentlich nicht, dass Sie meiner Schwester Angst mit ihren Fragen machen?«

Sie verschränkte ihre Arme vor der Brust. »Ich wäre Ihnen dankbar, wenn Sie mir die Fragen stellen würden. Nathalie hat schon genug Angst vor der Operation, da brauchen Sie nicht auch noch irgendwelche Horrorszenarien aufzumalen.«

Die Ärztin stockte sekundenlang, erweckte fast den Anschein, als erwache sie aus einem Traum. Sie blinzelte, blickte zur Decke, als wolle sie sich sammeln und entschuldigte sich.

Beim nächsten Blick verzog sie ihr Gesicht zu einem überraschend freundlichen Lächeln. »Sie haben völlig recht. Ich war eigentlich auch gar nicht wirklich bei der Sache. Sorry!« Doktor Harrison setzte sich, holte tief Luft und blickte Alexandra direkt in die Augen, dass die meinte, ein Röntgenstrahl durchbohre sie.

»Mein Fehler. Können wir noch einmal von vorn beginnen? Ich muss Ihnen jetzt aber trotzdem noch einige unangenehme Fragen stellen. Oder soll ich Ihnen erst den Ablauf der Narkose erklären?«

»Sie können mich gerne duzen«, meinte Nathalie leise. »Ich habe Angst, dass ich nicht mehr aufwache.«

»Sie wissen, dass Nathalie nach dem Unfall drei Wochen im Koma lag?«, mischte sich Alexandra noch einmal ein.

»Ja, wir haben darüber gesprochen. Außerdem hatte ich gestern auch noch ein sehr langes Gespräch mit Heidi Wartmann über Nathalies damaligen Zustand.«

»Ach?« Alexandra wunderte sich. Die Frau hatte sich um hundertachtzig Grad verwandelt, wirkte nun aufrichtig besorgt und freundlich.

»Wir sind uns einig, dass es keine Narkoseunverträglichkeit war. Deshalb werden wir normal narkotisieren. Ich werde

Nathalie aber noch genauer im Auge behalten. Jetzt aber zum Narkosevorgang an sich.«

Doktor Harrison legte die Unterlagen zur Seite und lächelte Nathalie aufmunternd an.

»Nathalie, bezüglich des Aufwachens brauchst du dir wirklich keine Sorgen zu machen. Ich bin morgen an deiner Seite, dann nehmen wir uns die Zeit und besprechen miteinander, wohin deine Traumreise gehen soll. Denn, genau so könntest du die Narkose sehen. Als Traumreise in ein bekanntes oder unbekanntes Land.«

»Wie soll das gehen?«, fragte Nathalie.

»Ich weiß, du bist schon zu alt für Märchen, aber stell' dir mal Aladin und den Flaschengeist vor. Wenn du nun also einen Wunsch freihättest, noch einmal an einen Ort zu reisen, wo es besonders schön war oder du besonders glücklich gewesen bist, wohin würde dich der Wunsch führen?«

»An den Gardasee!« Die Worte sprudelten aus Nathalies Mund, ohne dass sie eine Sekunde nachgedacht hatte.

Die letzten Ferien mit den Eltern! Alexandra kämpfte mit den Tränen.

»Na also, dann hast du doch schon ein wunderbares Ziel. Ich gebe dir ein Medikament, das dich sehr müde macht, wir reden darüber, wie du dich dabei fühlst, wie du atmest und du wirst sanft einschlafen.«

Wow! Alexandra kam nicht umhin, bei Doktor Harrison nachträglich noch Abbitte zu leisten. Die Ärztin war nun voll auf Nathalie konzentriert und Alexandra hörte, ergriffen von Nathalies Wunsch, weiter schweigend zu.

»Und ich werde auch an deiner Seite sein, wenn deine

Reise dich zu uns zurückführt. Dann wirst du dich wundern, dass schon alles vorüber ist.« Doktor Harrison tätschelte Nathalies Arm. »Und ich hoffe doch, du wirst mir von einer wundervollen Reise berichten. Du darfst sehr gespannt sein.«

Alexandra unterdrückte ein Lächeln. Doktor Harrisons anfängliche Anspannung war gänzlich von ihr gefallen. Ihr Tonfall war nun mütterlich und sie lächelte freundlich, wenn sie sprach. »Ich gebe dir nachher ein Beruhigungsmittel, damit du heute Nacht gut schlafen kannst. Keine Sorge, wir zwei bekommen das schon hin. Und Doktor Wartmann wird mit seinem Team den Rest übernehmen.«

Doktor Harrison schlug die Beine übereinander, nahm den Fragebogen wieder auf und wandte sich Alexandra zu. »Frau Frey, noch einmal zu den Allergien. Hat Nathalie je eine allergische Reaktion gezeigt?«

Alexandra schüttelte den Kopf. Je länger sie mit der Ärztin sprach, umso sympathischer wurde sie ihr. Ganz in Ruhe klärten sie noch alle restlichen Fragen und lachten gemeinsam über Nathalies Scherz, dass sie morgen vielleicht auf einem fliegenden Teppich durch die Lüfte sausen würde.

»Schade, dass wir das nicht sehen. Aber ich bin sehr gespannt, was du uns hinterher erzählst, Nathalie. So, jetzt brauche ich nur noch die Bestätigung von Ihnen, dass ich Sie und Nathalie über alles aufgeklärt habe.«

»Ach, ihr seid schon fast fertig.« Christian Wartmann hatte das Zimmer betreten und lugte über die Schulter seiner Kollegin.

»Eigentlich fehlt nur noch die Unterschrift«, erklärte Doktor Harrison.

»Sehr schön. Noch irgendwelche Fragen?«

»Nein. Danke, dass Sie meine laienhaften Fragen so geduldig ertragen haben.« Alexandra übergab der Ärztin den Aufklärungsbogen, nachdem sie diesen unterschrieben hatten.

»Gern geschehen und entschuldigen Sie bitte meine Gedankenlosigkeit zu Beginn.«

»Harrison ist aber kein deutscher Name und Sie haben einen witzigen Akzent. Sind Sie Amerikanerin?«, fragte Nathalie jetzt neugierig.

»Ja, waschechte Texanerin. Aber meine Mutter ist Deutsche und wir haben immer Deutsch zu Hause gesprochen.«

»Texas, da wollte Lexi auch mal studieren. Doch manchmal kommt es anders, als man denkt«, konnte sich Nathalie den Seitenhieb nicht verkneifen. Christian räusperte sich verlegen und versenkte seine Hände in seinem Arztkittel.

»Touché!«, murmelte Doktor Harrison zu Alexandras Verwunderung. Dann bemerkte sie, wie diese den Blick zwischen ihr und Christian hin- und herwandern ließ und sie konnte zusehen, wie sich die Ärztin urplötzlich wieder in die unnahbare Person wie zu Beginn verwandelte und abrupt das Gespräch beendete.

»Ja, dann will ich mich erst mal verabschieden. Ich sehe aber nachher noch einmal nach dir und dann treffen wir uns morgen um elf Uhr vor dem OP. Überleg dir eine schöne Stelle, von welcher du zu deiner Traumreise starten willst. Vielleicht vom Strand oder vom Pool.« Sie schüttelte auch dieses Mal erstaunlich lange Nathalies Hand.

»Frau Frey, wenn Sie wollen, dann sprechen wir uns morgen nach der Operation. Kommst du mit?«, fragte sie Christian, der nickte und verabschiedete sich schnell. Wieder hatte Alexandra ein ungutes Gefühl, das sie sich nicht erklären konnte. Als die Tür hinter den beiden ins Schloss fiel, war sie fast schon erleichtert.

»Damn it!« Chloé zerknüllte das Schreiben mit der Hand und warf es in den Papierkorb, der neben ihrem Schreibtisch stand. Sie saß in ihrem kleinen Büro im Westflügel des Krankenhauses Eschingen, stützte ihren Kopf in beide Hände und rieb sich die Stirn.

Verdammt, irgendjemand musste doch damals mitbekommen haben, was mit dem Baby passiert war. Ein Kind konnte sich doch nicht in Luft auflösen. Schon gar nicht ein Kind, wie dieses!

Sie seufzte, holte das zerknüllte Schreiben wieder aus dem Papierkorb und strich es glatt.

> *Sorry, Chloé. Auch in diesem Waisenhaus gibt es kein Baby, das in den Wochen nach dem März dort aufgetaucht wäre. Wir haben noch die Chance, es im Süden zu versuchen, allerdings halte ich das für nahezu aussichtslos. Gib mir Bescheid, ob ich noch was unternehmen soll? ...*

Was war mit dem Baby passiert? Diese Frage beschäftigte Chloé nun schon seit nahezu sieben Jahren und sie fand keinen

Frieden, solange sie nicht wusste, ob wenigstens das Kind heil aus diesem entsetzlichen Massaker entkommen war. Wie immer, wenn sie sich in den Erinnerungen verlor, hörte sie die Explosionsgeräusche und die Schüsse so nah, als würde sie noch immer mittendrin stecken. Ein Schaudern überlief sie, ihr wurde eiskalt und sie rieb sich die Arme. Sie zog eine Schublade auf und legte das Schreiben in eine Klarsichthülle, in der bereits zahlreiche weitere Briefe und ein Foto lagen.

Sie nahm das Foto und fixierte es. Eine blutjunge unverschleierte Frau, fast noch ein Mädchen, hielt ein Neugeborenes in die Kamera und strahlte glücklich. Ihr kam es vor, als sei sie noch im Irak, mittendrin in diesem unsäglichen Elend. In diesem Moment schlug irgendwo eine Tür laut zu, Chloé zuckte zusammen und war plötzlich wieder in der Wirklichkeit.

Was tat sie hier? Sie blickte auf die Uhr und murmelte einen Fluch. Dieser Brief, der heute Morgen eingetroffen war, hatte ihre allerletzte Hoffnung zerstört, irgendwann mal mit der Vergangenheit abschließen zu können. Dabei hatte sie momentan andere Sorgen, denn Nathalie Freys Krankengeschichte ließ ihr ebenfalls keine Ruhe.

Chloé nahm einen dicken Ordner vom Stapel, schlug die erste Seite auf und starrte auf die Unterlagen. Inzwischen waren sie vollzählig, nachdem auch das Narkoseprotokoll aus dem Klinikum Pforzheim endlich eingetroffen war. Es hatte keine Unverträglichkeiten gegeben, die Intubation war ohne Probleme verlaufen. Es hatte auch keine Anzeichen eines Traumas gegeben. Alles in allem war es ein völlig routinemäßiger Eingriff gewesen.

Nur, dass Nathalie eben nicht aufgewacht war, als die behandelnden Ärzte das künstliche Koma beendet hatten.

Gut, dieser komaähnliche Zustand war nun mal dazu da, den Körper zu entlasten und damit die Behandlung zu erleichtern. Das war die Nachahmung der natürlichen Schutzreaktion des Körpers. Bei solch schweren Verletzungen, wie Nathalie sie erlitten hatte, waren alle körpereigenen Abwehr- und Reparatursysteme auf höchste Alarmstufe eingestellt und befanden sich in höchstem Stress. Um mit den extremen Anforderungen fertig zu werden, verpasst der menschliche Organismus sich selbst eine Narkose und knipst das störende Bewusstsein aus. Offenbar hatte Nathalies Körper diese Erholung gebraucht. Auch wenn die Operation völlig problemlos vonstattengegangen war, gab es keine Erklärung für ihren dreiwöchigen Zustand.

Immer wieder kamen solche Fälle vor; es schien, als wache der Körper erst dann auf, wenn er auch wirklich bereit dazu war.

Chloé beschloss, dass sie nichts an der Medikation ändern würde, sie würde nur zusehen, dass bei der Intubation wirklich das komplette Equipment vorhanden war, sollte es wider Erwarten doch zu Problemen kommen.

Es war ein bescheidener Tag und – er war noch nicht zu Ende. Sie wusste, sie war nahe dran, wieder in ein seelisches Tief abzudriften und versuchte sich zusammenzureißen.

Doch, ohne es zu wollen, schweiften ihre Gedanken wieder ab. Erneut befand sie sich im Irak: Sie sah die kargen Unterkünfte, roch den Gestank, hörte die Stimmen, die sie aber nicht verstand, hörte die Schüsse und kniete vor der schmalen Gestalt, deren erlöschende Augen eine stumme Bitte an Chloé heranzutragen schienen: *»Rette mein Kind!«*

Dies war ihr nicht gelungen, sie hatte selbst zusehen

müssen, dem Kugelhagel zu entgehen und hatte das Baby später nicht mehr finden können. Seither trug sie die Schuld, so schrecklich versagt zu haben, mit sich und seit Jahren nutzte sie jeden Kontakt und jede freie Minute, das Kind zu finden. Heute, nach diesem erneuten Dämpfer, schlugen die Schuldgefühle wieder mit aller Macht zu.

Vorsichtig, fast schon schuldbewusst, strich sie über ihren sanft gewölbten Bauch. Warum wuchs neues Leben in ihr, wenn sie doch viel lieber ein anderes retten wollte? Sie schluckte, als ihr wieder mal bewusst wurde, dass sie sich noch nicht einmal wirklich von Herzen gefreut hatte, dass sie schwanger war.

Es gab nur einen Ort, wo sie nun etwas Frieden finden konnte.

Chloé stand auf, zog ihren Arztkittel aus und verließ ihr Büro. Sie stieg in den Aufzug, fuhr ins Erdgeschoss und ging schließlich einen schmalen Gang entlang, bis sie an dessen Ende die schwere Holztür öffnete und schließlich in der Krankenhauskapelle stand. Vorn in den ersten Reihen saßen zwei Personen. Sonst war es leer und sofort überkam Chloé das gewohnte Gefühl von Frieden. Sie ging langsam nach vorn, warf ihren Obolus in den dafür vorgesehenen Behälter und zündete zwei schmale, weiße Kerzen an. Schließlich setzte sie sich am Rand einer Holzbank nieder und faltete ihre Hände.

Nachdem sie ein paar Minuten stumm in Gedanken versunken auf den Altar gestarrt hatte, hörte sie Schritte hinter sich. Dann, wie jemand stehenblieb. Sie hob den Kopf und blickte in freundlich lächelnde Augen, die von lauter Lachfalten umgeben waren.

»Ich möchte nicht stören. Aber ich sehe Sie seit neuestem

sehr häufig hier. Dabei weiß ich gar nicht, ob Sie Patientin oder Angestellte sind«, sprach der Unbekannte sie leise an. »Pfarrer Eberling, wir hatte noch keine Gelegenheit uns bekannt zu machen.«

»Chloé Harrison. Ich bin die neue Anästhesistin hier an der Klinik.«

»Und Sie suchen Gottes Nähe. Das ist schön. Aber vielleicht kann auch ich Ihnen helfen?«

»Das glaube ich kaum.« Chloé stiegen Tränen in die Augen.

»Wollen Sie es nicht auf einen Versuch ankommen lassen? Erzählen Sie mir, was Sie bedrückt.« Der Tonfall des Pfarrers klang sehr beruhigend. Er berührte sie nicht, wie manch anderer es automatisch getan hätte, und wahrte Abstand. Augenblicklich fasste sie Zutrauen zu dem jungen Geistlichen und trotzdem schüttelte sie den Kopf.

»Das muss ich mit mir ausmachen, das würden Sie nicht verstehen.«

»Oftmals hilft es, wenigstens darüber zu reden.«

»Nicht heute.« Chloé schüttelte abwehrend den Kopf. »Noch bin ich nicht bereit dazu.«

Der Pfarrer signalisierte sofort sein Verständnis, indem er einen Schritt zurücktrat und nicht erneut nachbohrte.

»Das ist wenigstens keine endgültige Ablehnung. Sie finden mich dienstags und freitags hier, ansonsten jederzeit in meiner Kirche, am Marktplatz mitten in Eschingen. Wiedersehen, Doktor Harrison, ich würde mich freuen, wenn diese Floskel nicht nur so dahingesagt wäre.«

Chloé blickte erst auf, als er sich schon längst entfernt hatte. Tränen strömten an ihren Wangen hinab und sie schloss die

Augen, legte den Kopf in den Nacken und ergab sich dem Schmerz, der in ihr wütete.

Es war ein wunderschöner, aber kalter Märzabend. Alexandra hatte sich lange überlegt, ob sie das Teleskop aufbauen sollte oder nicht. Sie war nicht wirklich bei der Sache, sondern ihre Gedanken kreisten ständig um die morgige Operation. In Anbetracht der Tatsache, dass es aber in dieser Nacht zu einer Konjunktion von Venus und Jupiter kommen sollte, hatte sie sich entschlossen, dieses Spektakel zu beobachten. Immer wieder kam es vor, dass zwei Planeten, die mit völlig unterschiedlicher Geschwindigkeit im Weltall unterwegs waren, sich begegneten und schließlich so am Himmel standen, dass sie von der Erde aus gesehen fast in der gleichen Position erschienen.

Jetzt war sie froh, dass sie sich dieses Bild von Venus und Jupiter nicht hatte entgehen lassen. Akribisch hatte sie bei spärlichem Taschenlampenlicht ihre Aufzeichnungen in ihr Notizbuch übertragen und wollte es weglegen, als sie schlurfende Schritte hörte, die dann in einigem Abstand hinter ihr stoppten.

»Komm her, du Schlawiner. Ich muss dir was zeigen«, sagte sie zu Daniel, der – nur mit seinem Schlafanzug bekleidet – in der Terrassentür stand. »Aber zieh dir erst einen Anorak an.«

Er rannte davon und Sekunden später stand er vor ihr und sah sie neugierig an.

»Sieh mal durch mein Teleskop. Was siehst du?« Sie hob ihn etwas an, damit er den richtigen Blickwinkel hatte und er presste sein Auge an das Okular.

»Zwei große leuchtende Sterne. Sie sind ganz hell.«

»Das sind keine Sterne. Das sind die Planeten Venus und Jupiter, die sich heute ausnahmsweise begegnen. Du hast den richtigen Zeitpunkt erwischt, um noch mal runterzukommen.« Alexandra stellte ihn wieder ab, setzte sich auf die Stufen und Daniel kuschelte sich auf ihren Schoß. Sie deutete mit dem Zeigefinger in die dunkle Nacht, in der man das Spektakel auch mit bloßem Auge erkennen konnte. »Toll, nicht?«

Er nickte kurz.

»Was ist los? Kannst du nicht schlafen?«

Daniel schüttelte den Kopf. »Nein, ich muss immer an Nathalie denken. Ob sie wohl aufgeregt ist?« Vertrauensvoll legte er den Kopf an ihre Schulter und Alexandra wurde warm ums Herz. Wenn sie daran dachte, wie der kleine Kerl sich nach dem Unfall verhalten hatte, dann war sie froh, dass diese Zeit überstanden war und er heute auf ihrem Schoß saß und mit ihr kuschelte. Obwohl er mit seinen elf Jahren dafür schon fast zu alt war, wie er manchmal betonte.

Daniels Reaktion auf den Tod der Eltern war, dass er sich in ein Schneckenhaus verkrochen hatte. In den ersten Wochen hatte er kaum gesprochen und keine Berührungen von Alexandra zugelassen. Nur wenn er in seinem Zimmer allein war und sich unbeobachtet fühlte, hatte er seine Kuscheltiere auf dem Bett aufgereiht und ihnen von seinem Kummer erzählt. Alexandra war nichts anderes übrig geblieben, als abzuwarten und sie wusste noch heute genau, wie erleichtert sie gewesen war, als ein grippegeschwächter Daniel nach drei langen Monaten endlich eines Abends in ihren Armen eingeschlafen war. Von da an ging es bergauf, er taute nach und nach wieder auf und irgendwann kitzelte Alexandra aus ihm heraus, dass er Angst gehabt hatte, dass sie ihn auch noch verlassen würde.

Heute war das alles überwunden und Alexandra fragte sich manchmal, wie Daniels Erinnerungen wohl aussahen. Aber er sprach immer fröhlich von den Eltern und hatte schließlich problemlos akzeptiert, dass an deren Stelle nun Alexandra getreten war.

»Ich glaube, dass Nathalie inzwischen tief und fest schläft. Aber ich finde es toll, dass du dich um deine Schwester sorgst.«

»Ich wünsche ihr so sehr, dass sie wieder sehen kann. Das ist doch voll doof, immer nur schwarz zu sehen, keine Sterne ... Planeten und das ganze Zeugs, was da so leuchtet.« Er deutete grinsend in den Himmel.

»Ich bin eigentlich zuversichtlich, dass Christian ihr helfen kann«, meinte Alexandra leise.

»Warum magst du Christian eigentlich nicht?«

»Wer sagt das?« Sie sah Daniel erstaunt an.

»Das höre ich an deiner Stimme. Immer wenn du seinen Namen aussprichst, klingst du ganz anders. Außerdem siehst du dann immer traurig aus.«

Alexandra biss sich auf die Lippe. »Er war mal mein Freund.«

»Echt?« Daniel spielte mit der Schutzkappe, die er aufgehoben hatte. »Wann denn?«

»Da warst du noch ganz klein. Ich war fast zwei Jahre mit ihm zusammen. Aber wir haben uns dann getrennt, als Mama und Papa den Unfall hatten.«

»Ach! Dann ist er der Typ, der dich sitzengelassen hat?«

»Wer sagt das?«

»Pia! Sie sagte, dass sie ihm heute noch am liebsten die Augen auskratzen und irgendwas abschneiden würde ...« Alexandra lachte unterdrückt auf, hörte Daniels Ausführungen aber weiter zu.

»...weil er sich einfach so aus dem Staub gemacht hat. Er hat dich ver...« Daniel suchte nach Worten und sah sie hilfesuchend an.

»Weil er mich verlassen hat. Ja, das stimmt. Aber das ist jetzt schon so lange her.« Sie strich ihm über den Oberschenkel und bemerkte, dass er eiskalte Beine hatte. »Du musst jetzt aber ins Bett, sonst holst du dir noch eine Erkältung und darfst dann nicht zu Nathalie ins Krankenhaus.«

»Bringst du mich?«, fragte er.

»Klar! Flitz schon mal los, ich baue hier noch alles ab.« Als er davonhüpfte, lächelte sie in sich hinein. Trotz aller Mühen und Strapazen waren ihre jüngeren Geschwister ein wahrer Segen.

8

Die lauten Geräusche verschwammen zu einem dumpfen Tonbrei, doch Christian ignorierte dies und steuerte langsam einen der hintersten Tische in einer Nische der Krankenhaus-Cafeteria an. Dort beugten sich zwei Rotschöpfe über Schulsachen, die den kompletten Tisch einnahmen: Alexandra und Daniel.

Christian versuchte, den elfjährigen Jungen, den er zuletzt vor sechs Jahren gesehen hatte, zu mustern. Doch mehr als eine kecke Stupsnase konnte er nicht erkennen, da der Junge sich über sein Heft beugte und eifrig schrieb. Verblüfft registrierte er aber, wie groß Daniel inzwischen war. Darüber hatte er sich nie Gedanken gemacht und, wenn ihn doch sein schlechtes Gewissen übermannte, dann hatte er Lexi immer mit ihren Geschwistern in dem Alter gesehen, wie sie es gewesen waren, als er sie verlassen hatte.

Aber meist hatte er solche Gedanken erst gar nicht zugelassen. Noch heute würde er sich am liebsten selbst ohrfeigen, wenn er an die allerletzte Diskussion mit Alexandra dachte und wie beleidigt er damals abgezogen war, als sie sich für ihre Geschwister entschieden hatte.

Er blieb kurz stehen und wechselte ein paar knappe

Worte mit einem Patienten, dann schlängelte er sich durch das restliche Meer an Tischen und Stühlen und blieb neben Alexandra stehen.

»Hier seid ihr also. Wir sind fertig.«

Beide Köpfe fuhren bei den ersten Silben zu ihm herum und zwei identisch grüne Augenpaare sahen ihn mit demselben fragenden Blick an.

»Wie geht es Nathalie?«, fragte Alexandra fast atemlos und rückte mit dem Stuhl nach hinten, da Daniel aufgestanden war und sich auf ihren Schoß setzte. Man sah dem kleinen Kerl an, wie besorgt er war.

»Ich kann Entwarnung geben, alles lief problemlos. Sie liegt jetzt auf der Intensivstation.«

»Sicher?« Alexandra ließ ihn nicht aus den Augen.

Als ihm auffiel, dass sie heute schon wieder eine andere Brille trug, verschluckte Christian einen Kommentar. Dieses Mal war es eine Halbrandbrille mit Holzoptik, die ihre Sommersprossen noch markanter wirken ließ. *Sie sah so gut aus!*

Er räusperte sich. »Es geht ihr gut, Lexi. Chloé war sehr zufrieden, es gab keine Probleme während der ganzen Operation. Und bei mir lief ebenfalls alles glatt.«

»Chloé?«

»Doktor Harrison.«

»Ach so.« Alexandra ließ ihn nicht aus den Augen. »Konntest du den größten Teil des Tumors entfernen? Wird sie gesund?«

»Wir konnten sogar den kompletten Tumor entfernen. Jetzt müssen wir abwarten, wie sich die Nerven in den nächsten Wochen erholen. Ihr Zustand ist völlig stabil!«, legte er nach und, als er die liebevolle Vertrautheit bemerkte, mit der Alexandra Daniel an sich drückte, schluckte er. Einem Stoßseufzer von Alexandra folgte ein Flüstern an Daniel gerichtet: »Gott sei Dank! Siehst du, ich wusste doch, dass alles gut wird.«

Wieder wurde ihm bewusst, was Alexandra in dieser Zeit geleistet hatte und dass sie zumindest für Daniel zum Mutterersatz geworden war. Schnell zwang er sich, sich auf das Hier und Heute zu konzentrieren.

»Der Tumor drückte auf beide Sehnerven, bevor sie in Höhe des Chiasmas zusammenlaufen. Dadurch war zuerst der rechte Sehnerv betroffen, danach der linke, den wir aber jetzt noch retten konnten. Leider befürchte ich, dass der Eingriff für den rechten Sehnerv zu spät kam.«

Er entspannte sich etwas. Bei diesem Thema befand er sich auf sicherem Terrain, was man von dem zwischenmenschlichen nicht behaupten konnte.

»Darf ich mich kurz setzen?«, fragte er und gab dem Bedürfnis nach, sich Daniel vorzustellen. »Hallo, Daniel. Wir sind uns noch nicht begegnet. Ich bin Christian, Heidis Sohn. Keine Sorge, deine Schwester wird wieder sehen können.«

Eine kleine Hand legte sich in seine und Daniel schüttelte sie erstaunlich heftig, fast schon grob.

»Ich weiß sehr wohl, wer du bist. Lexis Ex! Du hast Lexi damals im Stich gelassen!«

Achtung Feind, signalisierte der Blick aus stechend grünen Augen, den er allzu gut von Alexandra kannte. Christian konnte nicht verhindern, dass er bei dem feindseligen Tonfall merklich zusammenzuckte. Sein schlechtes Gewissen pochte inzwischen fast unerträglich in seiner linken Schläfe und er sah, dass Alexandra ein Grinsen nur mühsam verbergen konnte.

»Wann darf ich Nathalie besuchen?«, fragte Daniel und klang wie ein Erwachsener und nicht wie ein elfjähriger Junge.

»Oh, ich denke, vor Samstag macht es keinen Sinn.« Christian spielte mit einem von Daniels Stiften. *Verflucht*, dieser Junge brachte ihn völlig aus dem Konzept. »Sie schläft immer noch.« Er wandte sich an Alexandra. »Du kannst kurz zu ihr, ich bringe dich zur Intensivstation.«

Alexandra nickte. »Danke.«

»Warum darf ich nicht zu Nathalie?«

»Kinder dürfen nicht auf die Intensivstation. Da kann ich leider keine Ausnahme machen.«

»Das ist gemein!«

»Ich komme gleich wieder. Mach du bitte deine Hausaufgaben fertig.« Alexandra schob Daniel von ihrem Schoß, nicht jedoch, bevor sie ihm einen liebevollen Kuss auf die roten Locken gedrückt hatte. Dann stand sie auf und nahm ihre Handtasche.

»Ich kann gerne heute Abend vorbeikommen und dir in Ruhe erklären, wie es nun weitergehen wird«, unternahm er einen Vorstoß, während sie gemeinsam zum Aufzug gingen.

»Ich glaube nicht, dass das eine gute Idee ist.« Alexandra sah ihn dabei nicht mal an.

»Ich kann wirklich verstehen, dass du nichts mehr mit mir zu tun haben willst ...«

Alexandra ließ ihn nicht ausreden. »Dieses Thema brauchen wir nicht mehr zu diskutieren. Was uns mal verband, ist lange vorbei.« Vor dem Aufzug blieben sie stehen, sie drückte den Knopf, dann drehte sie sich mit verschränkten Armen zu ihm um.

»Ich bin dir lediglich dankbar, für alles, was du für Nathalie tust.«

»Mehr nicht?«

»Mehr nicht!« Der Aufzug kündigte sich mit einem Klingeln an, die Türen öffneten sich und sie stiegen ein.

»Ich hatte gehofft, dass wir ...«

»Vergiss es! Leb du dein Leben, ich lebe meines.«

Ja, was hatte er gehofft? Dass sie ihm verzeihen würde? Ihn mit offenen Armen willkommen hieß?

Wohl kaum, zudem boten die äußeren Umstände sowieso keine Chance, dass er auf eine neuerliche Beziehung zu Lexi hätte hoffen dürfen. Das Schweigen lag wie Blei in der Luft, als der Aufzug losruckelte, doch weder er noch Alexandra machten Anstalten, die Unterhaltung fortzuführen.

Achtundvierzig Stunden später sah alles ganz anders aus und Alexandra war kurz davor durchzudrehen.

»Ich habe die Medikamente nun komplett reduziert. Aber Ihre Schwester braucht noch etwas, um aufzuwachen. Wir wissen nicht warum. Das ist für uns auch völlig überraschend.« Doktor Harrison sah Alexandra mit entschuldigendem Blick an. »Ich fürchte, wir haben dieselbe Situation, wie damals nach dem Unfall.«

»Besteht Lebensgefahr?«, fragte Alexandra mit angehaltenem

Atem und das Gefühl von Angst und Hilflosigkeit, das sich von Stunde zu Stunde verstärkt hatte, trieb ihr die Tränen in die Augen.

Sie hatte den Buchladen, wie jeden Samstag, um die Mittagszeit geschlossen und saß nun an Nathalies Bett, die aber keinerlei Aufwachreaktionen zeigte. Wie damals schien es, als hätte sie sich komplett von der Welt zurückgezogen. Mit tränenverschleierten Augen blickte Alexandra auf ihre jüngere Schwester, die bleich und mit geschlossenen Augen in diesem Krankenhausbett lag. Sie atmete friedlich, und nur das Piepen der medizinischen Überwachungsgeräte und das Zischen des Beatmungsgerätes waren zu hören.

»Nein. Sie ist stabil. Wir müssen alle noch Geduld haben und abwarten, wie es weitergeht«, gab die Ärztin zu und legte die Hand auf ihren Bauch. Sie biss sich auf ihre Unterlippe und verzog schmerzlich den Mund.

»Geht es Ihnen nicht gut?«

»Es ist nichts.« Doktor Harrison rieb sich unauffällig ihren Unterleib. »Sie war so ruhig. Nathalie und ich haben uns vor der Operation noch lange unterhalten. Nathalie erzählte mir von dem kleinen Haus, in dem sie damals im Urlaub war. Sie wirkte so zufrieden und ist ganz ruhig eingeschlafen.«

»Das war der letzte Urlaub mit unseren Eltern. Sie hatten auf der Rückreise den Unfall.« Alexandra brachte die Worte kaum über ihre Lippen und strich immer wieder über Nathalies Unterarm.

»Daher die friedliche Stimmung. Sie hat sich in den Urlaub zurückversetzt gefühlt.« Die Ärztin biss sich wieder auf die Lippe.

»Sie glauben wirklich daran, dass man unbewusst steuern kann, was in der Narkose geschieht. Wenn ich nur auch dran glauben könnte«, murmelte Alexandra, die schon beim ersten Gespräch dieser Traumreise eher skeptisch gegenübergestanden war. Nun traten ihre Sorgen aber ein klein wenig zurück, sie war nicht sicher, aber sie hatte das Gefühl, als würde Doktor Harrison von Minute zu Minute immer bleicher. Sie ließ die Ärztin nicht mehr aus den Augen, als diese neue Werte in Nathalies Krankenakte eintrug.

»Nathalie hat daran geglaubt und wir werden es erfahren, sobald sie aufwacht. Ich habe alles versucht. Das MRT zeigt auch keine Nachblutungen, alles sieht gut aus. Wir müssen abwarten ... Ahh! Oh Gott!«

Die Ärztin krümmte sich urplötzlich und Alexandra konnte sie gerade noch stützen, sonst wäre sie zusammengesackt.

»Schwester!«, brüllte sie, obwohl sie wusste, dass hier auf der Intensivstation die Schwestern nur ein paar Schritte entfernt waren. Eine davon eilte besorgt herbei und warf ihr einen ärgerlichen Blick zu, den Alexandra aber ignorierte. »Schnell, Frau Doktor Harrison hat ein Problem.«

»Ich brauche einen Arzt«, rief die Schwester, als sie die Lage erfasst hatte. Die Ärztin brach in diesem Augenblick in Alexandras Armen zusammen und schon kam Hektik auf. Gemeinsam legten sie Doktor Harrison auf den Fußboden in die stabile Seitenlage. Schwestern wie Ärzte eilten hinzu, so auch Christian, der sich neben der bewusstlosen Ärztin niederließ, ihr in die Augen leuchtete und gegen ihre Wangen klopfte.

»Chloé, was ist denn?«, fragte er und gab rasch Anweisungen.

»Doktor Wartmann, sehen Sie.« Die Schwester deutete auf die Hose der Ärztin, die sich unter ihrem kurzen Kittel dunkelrot verfärbte.

»Sofort in den OP!« Hektisch wurde die Ärztin auf eine eilends geholte Trage gelegt und Alexandra, die sich hinter Nathalies Bett verzogen hatte, sah ihnen betroffen hinterher.

»Frau Frey, ich muss Sie jetzt leider bitten, zu gehen. Wir müssen hier erst alles in Ordnung bringen«, erklärte eine der noch anwesenden Schwestern.

»Selbstverständlich!« Alexandra streichelte noch einmal Nathalies Hand und drückte ihr einen leichten Kuss auf die Wange. »Ich gehe in den Park. Kann ich vielleicht in einer Stunde wiederkommen?«

Als die Schwester nickte, warf Alexandra noch einen letzten Blick auf ihre kleine Schwester, die jetzt genauso hilflos dalag wie vor sechs Jahren.

Sie hatte keineswegs damit gerechnet, dass die Erinnerungen an diese Zeit sie so schwach machen würden. Während sie kurze Zeit später grübelnd durch den Park spazierte, musste sie sich zum ersten Mal eingestehen, dass sie jetzt gerne jemanden an ihrer Seite wüsste, mit dem sie reden konnte.

Jemand, der sie beruhigen würde. Dem sie ihre Gefühle und Ängste mitteilen konnte. Jemand der für sie da war, wenn sie ihn brauchte. Ohne es zu wollen, schlich sich ein bekanntes Antlitz in ihre Gedanken. Sie schob es beiseite und straffte sich. Alles, was sie jetzt brauchte, war Kraft und Durchhaltevermögen, damit sie diese Zeit der Angst und Sorge auch ein zweites Mal durchstehen würde.

Als ihr Handy bimmelte und sie sah, dass es Jan war, der laut Display auch schon mehrfach angerufen hatte, seufzte sie. Nun hieß es Nathalies Freund mitzuteilen, dass es momentan nicht so gut für Nathalie aussah und er auch immer noch nicht herkommen durfte. Dann musste sie Pia benachrichtigen und fragen, ob Daniel bei ihr übernachten konnte.

»Mach dir keine Gedanken. Alex holt nachher ein paar Sachen. Bleib du bei Nathalie.«

Pia legte den Telefonhörer auf und sah Daniel nachdenklich zu, wie der mit Tobias vor dem Fernseher saß und mit einem Controller der Play Station hantierte. Der kleine Kerl war im Gegensatz zu seiner sonstigen Lebhaftigkeit heute wenig bei der Sache. Er stierte immer wieder Löcher in die Luft, was bei Tobias ein ums andere Mal zu einem Wutausbruch führte. So auch jetzt: »Mensch Daniel, jetzt konzentrier dich mal. Wir werden dauernd von den Klonkriegern besiegt.«

Pia warf Alexander, der neben ihr am Esstisch saß und an seinem Notebook arbeitete, einen Blick zu und der kapierte sofort.

»Geht es Nathalie nicht gut?«, fragte er fast lautlos.

Pia schüttelte den Kopf, legte den Zeigefinger auf den Mund und warf einen bedeutungsvollen Blick auf Daniel.

Alexander reagierte augenblicklich. »Tobi, mach mal eine Pause. Ich fordere Revanche am Tischkicker.«

Tobias grinste überlegen und stellte augenblicklich den

Fernseher aus. Beide Jungs sprangen auf, aber Pia hielt Daniel zurück.

»Stopp, bleib mal bitte kurz bei mir! Lexi hat eben aus dem Krankenhaus angerufen.«

»Geht es Nathalie gut?«, fragte Daniel und sein Gesichtsausdruck wirkte genauso ängstlich, wie seine Frage klang.

»Ja, Daniel. Es geht ihr gut. Sie hat die Operation ganz toll überstanden. Aber es gibt etwas ... nun sagen wir mal, es gibt ein kleines Problem.«

Daniel wurde bleich. »Was ist los?«

»Nathalie will noch nicht aus der Narkose aufwachen. Sie schläft einfach weiter, als müsste sie viel Schlaf nachholen. Wie du, wenn du mal verbotenerweise mit Tobias die Nacht durchmachst. Ich erinnere mich da dunkel an einen Geburtstag im Januar.«

Sie fuchtelte mit dem Zeigefinger vor seinem Gesicht herum, Daniel kicherte kurz, dann wurde er wieder ernst. »Aber sie wird doch irgendwann ausgeschlafen haben?«

»Bestimmt, aber die Ärzte wissen leider nicht wann. Lexi möchte bei Nathalie bleiben. Ihr wäre es lieb, wenn du die nächsten Tage bei Tobias übernachten könntest.«

»Geil!« Daniels Begeisterung siegte über die Sorgen. »Aber du sagst mir sofort, wenn Nathalie wach wird. Ich will sie nämlich besuchen.«

»Selbstverständlich. Sobald sie wach wird, fahre ich dich eigenhändig zu ihr ins Krankenhaus.« Pia lächelte und drückte Daniel kurz an sich.

»Daniel hat es erstaunlich gut aufgenommen, dass er Nathalie immer noch nicht besuchen darf.« Alexander kam aus dem Badezimmer und schlüpfte zu Pia ins Bett.

»Der Kerl ist unglaublich tapfer!« Pia schüttelte den Kopf. »Unglaublich, was die Drei alles durchstehen müssen. Irgendwann muss doch auch mal Schluss sein. Lexi kann doch nicht immer nur kämpfen müssen.«

»Wie hält sie sich?« Alexander zog Pia an sich und legte die Hand auf ihren Bauch.

»Eigentlich gut. Die Ärzte scheinen nicht zu wissen, warum Nathalie wieder nicht aufwacht, aber noch sind sie nicht besorgt. Es besteht jedenfalls keine Lebensgefahr.« Pia legte ihre Hand auf Alexanders.

»Ich muss immer wieder den Hut ziehen, wie Lexi das alles schafft. Hoffentlich schaffen wir das mit unserem Wurm auch mal.«

»Dir geht es aber besser, scheint mir.« Alexander grinste und wanderte mit der Hand unter ihr T-Shirt. »Jedenfalls hab ich dich die letzten Tage nicht mehr ins Badezimmer rennen sehen.«

»Stimmt. Wenn ich nicht hundertprozentig wüsste, dass ich schwanger bin, dann würde ich es momentan nicht merken. Wobei – eine Hose bekomme ich schon nicht mehr zu.« Pia schmiegte sich in seine Arme. »Kennst du eigentlich inzwischen Christians Frau? Schließlich wart ihr ja jetzt ein paar Mal was trinken.«

»Nee. Er redet eigentlich gar nicht über sie. Er hat mal was von einer Krise gesagt. Aber ich habe nicht weiter nachgefragt.«

»Typisch!« Pia küsste ihn auf den Mundwinkel. »So was verstehe ich nicht. Ich hätte da gleich nachgehakt.«

»Du bist ja auch eine Frau!« Alexander lachte schallend los, als Pia ihm einen Rippenstoß versetzte. »Was ich ganz gut finde.«

»Wie geht es dir?« Christian strich Chloé das Haar aus der Stirn und küsste sie vorsichtig, als sie blinzelnd die Augen öffnete.

»Ich hab's verloren!« Ihre Stimme klang gepresst.

»Ja, leider.« Christian nahm ihre Hand. »Du musst jetzt schlafen und dich erholen. Wir reden morgen darüber.«

Inzwischen war es kurz vor Mitternacht, aber Christian hatte an Chloés Bett ausgeharrt, bis sie endlich aus der Narkose aufgewacht war.

»Christian.« Sie hob den Kopf, verzog dann schmerzlich das Gesicht und sank wieder ins Kissen. »Wir müssen dringend reden. So geht es nicht weiter.«

Er seufzte. »Aber nicht jetzt. Bitte ruh dich erst mal von der Narkose aus.«

Chloé nickte und hielt ihn fest, als er gehen wollte. »In der Kapelle ... unten.« Ihr fielen die Augen zu. Augenscheinlich mit größter Selbstbeherrschung öffnete sie diese wieder.

»In der Krankenhauskapelle?«, hakte er nach.

»Ja, da ist ab und zu ein Pfarrer. Kannst du eine Nachricht für ihn hinterlassen, dass er bitte zu mir zu kommen soll, falls er Zeit hat? Schreib meinen Namen drauf, er kennt mich.«

»Mach ich. Und jetzt schlaf.« Christian küsste sie zum Abschied noch einmal auf die Wange und sah zu, wie sie augenblicklich wieder in den Schlaf fiel.

»Was will sie mit einem Pfarrer?« Nachdenklich verließ er das Zimmer und eilte ins Erdgeschoss, um gleich zu erledigen, worum sie ihn gebeten hatte.

9

»Lexi, ich habe gute Nachrichten. Nathalies Schluckreflexe sind vorhanden, ihre Atmung ist spontan, sie brauchte nur noch ein wenig Unterstützung, die wir immer weiter verringert haben. Ich schätze, wir können es nun wagen, sie zu extubieren.« Christian widerstand der Versuchung, ihr tröstend die Arme auf die Schultern zu legen. Es hätte den Effekt gehabt, dass sie ihn sowieso nur wütend anblaffen würde. In den sechs Tagen, in denen Nathalie jetzt im Koma lag, hatte sie kaum ein Wort mit ihm gewechselt.

»Kann ich irgendetwas tun, um Nathalie zu helfen?«

»Nein.« Er schüttelte den Kopf. »Es ist gut, dass immer einer bei ihr ist, sie spürt das. Jan muss ich jeden Morgen in die Schule jagen, sonst würde er immer noch hier sitzen. Ich habe ihm aber hoch und heilig versprochen, ihm eine Nachricht zu schicken, sollte sich was ändern. Aus dem Winzling ist ein toller Kerl geworden.«

»Ich habe irgendwie immer geahnt, dass aus ihm und Nathalie mal ein Paar wird. Danke, dass du eine Ausnahme machst und er hier sein darf. Ich hoffe so sehr, dass alles gutgeht, selbst wenn ich mir dann über ganz andere Sachen Gedanken machen muss. Sie sind ja noch so jung.«

»Da spricht die Mutter, die du für Nathalie und Daniel geworden bist.«

»Zwangsläufig.«

Herausfordernd sah sie ihn an, doch er beschloss, das Thema zu wechseln. »Trotzdem bist auch du kein Übermensch. Du siehst inzwischen aus wie ein Gespenst.

»Oh, vielen Dank für das Kompliment.«

Nachdem sie ein Gespräch begonnen hatte, wagte er sich vorsichtig weiter vor. »Lexi, du weißt genau, wie ich das meine. Geh nach Hause und ruh dich mal aus. Du kannst den Spagat zwischen Beruf und Hiersein nicht wochenlang durchstehen.«

»Ich kann doch keine Bücher verkaufen, wenn meine Schwester hier liegt. Ich habe meinen Buchladen seit gestern geschlossen. Ich konnte keine längerfristige Aushilfe finden.« Alexandra sah ihn zum ersten Mal richtig an. Sie war blass, ihr Gesicht wirkte hager. Man sah ihr deutlich an, dass sie vor lauter Sorgen schon lange nicht mehr richtig geschlafen hatte.

»Lexi, ruh dich aus. Es hilft nichts, wenn du anschließend zusammenklappst«, versuchte er es erneut.

»Das hört sich an, als ob du glaubst, dass alles gut wird.«

»Das wird es! Manche Patienten wissen instinktiv, dass sie die Ruhe brauchen. Da kann kein Mediziner helfen, der Körper hilft sich selbst. Dann wachen die Patienten halt erst Tage später auf. Sie hat sich gut erholt, die Schwellungen sind schon fast vollständig verschwunden. Nathalie wird aufwachen, ich weiß es.«

Alexandra sah ihn eindringlich an und nickte langsam. »Ich möchte dir so gerne glauben.«

»Lass es auf einen Versuch ankommen. Auf die Gefahr hin, dass ich mich wiederhole: Du solltest ab und zu auch noch an dich denken. Wo ist denn Daniel die ganze Zeit?«

»Bei Pia. Sie konnte freimachen. Tabea, ihre Partnerin, kümmert sich um das Fotostudio.« Ein tiefer Seufzer löste sich aus ihrer Kehle. »Wie geht es eigentlich Doktor Harrison?«

»Gut. Sie musste sich etwas schonen.« Er bewunderte ihre Selbstbeherrschung. Jeder andere hätte jetzt gefragt, was ihr eigentlich widerfahren war. Nicht so Alexandra, die respektierte unaufgefordert seine Schweigepflicht.

»Ich würde gerne mit ihr reden. Ich nehme an, sie macht sich Sorgen um Nathalie.« Alexandra strich über Nathalies Arm. »Wenn sie wieder da ist, kannst du ihr dann vielleicht ausrichten, dass ich gerne mit ihr sprechen möchte? Das wäre sehr nett.«

Er nickte. »Mach ich. Seit heute ist sie wieder im Dienst. Dennoch, Lexi, du übernimmst dich!«

»Stimmt!« Sie streckte sich. »Irgendwie habe ich das Gefühl, ich laufe seit Jahren unter Volldampf. Und der geht mir nun langsam aus – ich kann nicht mehr.« Alexandra stand auf, trat ans Fenster und lehnte die Stirn an die kühle Fensterscheibe. »Ich habe keine Kraft mehr, alles alleine zu stemmen.«

»Kann ich dir vielleicht irgendwie helfen?« Christian trat hinter sie und legte jetzt doch die Hände auf ihre Schultern. Wie gern hätte er sie in seine Arme gezogen und getröstet, doch sie wand sich auch schon aus seinem Griff und drehte sich zu ihm um.

»Da verzichte ich lieber auf Hilfe.« Alexandra war stur

wie eh und je. Sie lehnte sich mit verschränkten Armen an den Fenstersims.

»Von jedem anderen würde ich die Hilfe annehmen, aber nicht ...« Bevor sie ausreden konnte, klopfte es. Seine Mutter öffnete die Tür, spürte wohl instinktiv die Spannung und verharrte auf der Stelle.

»Soll ich besser später kommen?«, fragte Heidi mit einem besorgten Blick, den sie zwischen Alexandras kampfbereiter Miene und Christian hin- und herwandern ließ.

»Keine Sorge, ich gehe ihm schon nicht an die Gurgel«, meinte Alexandra und lächelte verkniffen.

»Sieht aber fast so aus.« Heidi verdrehte die Augen und kam langsam näher. »Reißt euch bitte fünf Minuten zusammen. Ich möchte nur wissen, wie es Nathalie heute geht.«

Christian drückte seiner Mutter das Krankenblatt in die Hand und beantwortete ihre Fragen, während diese die Seiten durchblätterte. Dann steckte sie alles wieder in die Halterung am Bettende, kontrollierte Nathalies Puls und fühlte ihre Stirn. Sie hob Nathalies Hand und bewegte sie mehrmals vorsichtig.

»Christian, hast du gesehen?«, bemerkte sie und lächelte Christian an. »Da ist Tonus drin. Sie arbeitet mit.«

»Ich weiß«, meinte der seelenruhig.

Alexandra drängte sich nach vorn. »Was bedeutet das?«

»Ihre Muskeln arbeiten schon wieder aktiv mit. Keine Sorge, Lexi. Wie ich schon sagte, sie wacht auf.«

»Puh!« Alexandra ließ sich erleichtert auf einen Stuhl sinken.

»Da sind Sie ja wieder.«

Chloé sah gedankenverloren auf und erkannte den Krankenhauspfarrer, der sie an ihrem Krankenbett besucht hatte. Inzwischen war eine Woche vergangen, seit sie die Fehlgeburt erlitten hatte. Der erste Schock und die Trauer waren einem Gefühl der Leere gewichen, das sie sich nicht erklären konnte. Immer wieder erwischte sie sich, wie sie grübelte und sich fragte, wie es weitergehen sollte. Auch heute hatte sie in ihrer Pause Zuflucht in der Kapelle gesucht.

»Ja, hier bin ich wieder«, murmelte sie leise.

»Ich habe gehört, dass Sie am nächsten Tag schon entlassen wurden. Ich wollte Sie wieder besuchen.«

»Wirklich?« Chloé sah verwundert auf.

»Entschuldigen Sie, Doktor Harrison, aber ich habe mir Sorgen gemacht. Sie haben nach mir gefragt, doch als ich bei Ihnen war, haben Sie nur über das Wetter geredet. Das war doch bestimmt nicht der Grund, warum Sie nach mir gerufen haben?«

Sie biss sich auf die Lippe und schüttelte den Kopf.

»Da ich auch nicht annehme, dass Sie mit mir flirten wollen, gehe ich davon aus, dass Sie mit mir über den Verlust Ihres Kindes sprechen wollen.« Er sprach leise und sein Tonfall war warm und freundlich.

»Hat sich wohl schon wie ein Lauffeuer herumgesprochen, dass ich mein Baby verloren habe.« Chloé senkte erneut den Kopf.

»Nein, aber es war unschwer zu erraten. Wollen Sie darüber reden?«

Die angenehm ruhige Stimme veranlasste Chloé, ihn zum ersten Mal genauer anzusehen. Pfarrer Eberling, der sich nun in die Reihe vor ihr setzte und sich zu ihr umdrehte, war aus der Nähe betrachtet deutlich jünger, als sie gedacht hatte. Er hatte ein schmales Gesicht, strubbelige Haare und war schon seit Tagen nicht mehr rasiert. Wenn sie es nicht wüsste, dann würde sie ihn niemals für den Pfarrer halten, sondern eher für einen Angehörigen, der Trost suchte, wie sie selbst.

»Manchmal hilft es, den Kummer zu teilen«, hakte er nach.

Chloé zuckte mit den Schultern. »Dann würden wir noch heute Abend hier sitzen, aber ich muss zum Dienst.«

»Wie lange haben Sie Dienst?«

»Bis achtzehn Uhr. Warum?«

»Wollen wir uns hier treffen? Wir gehen gemeinsam in mein Büro und reden in aller Ruhe.«

Chloé nickte zögernd. »Das kann aber ein langer Abend werden.«

»Sie werden es nicht glauben, aber ich habe sowieso nichts vor. Wenn wir Hunger bekommen, bestellen wir einfach eine Pizza. Abgemacht?«

»Ich weiß nicht.«

»Frau Doktor Harrison, Sie brauchen Hilfe! Ich erkenne, wenn ein Mensch verzweifelt ist. Glauben Sie mir, ich kann Ihnen helfen oder zumindest versuchen, Ihren Schmerz ein wenig zu lindern. Ich bin nicht nur Pfarrer. Ich bin ebenso Psychologe und ein ausgebildeter Notfallseelsorger, was ich sehr ernst nehme. Ich leite mehrere Selbsthilfegruppen hier im

Umkreis. Ich werde Sie nicht mit irgendwelchen Ratschlägen bombardieren. Aber ich kann sehr gut zuhören.«

Chloé sah in sein ehrliches Gesicht und spürte seit langem so etwas wie Hoffnung. »Das hört sich gut an, Herr Pfarrer. Aber sind Sie wirklich bereit, sich meine Geschichte anzuhören? Ich war im Krieg im Irak, da tun sich Abgründe auf.«

»Liebe Frau Doktor Harrison, Sie glauben gar nicht, was ich schon alles erlebt habe. Trotzdem ist es mir ein großes Bedürfnis, anderen Menschen zu helfen oder es zumindest zu versuchen. Vertrauen Sie mir und versuchen Sie es wenigstens.«

»Sie haben recht.« Chloé gab nach und erkundigte sich vorsichtshalber nach seiner Adresse, dann stand sie auf und streckte ihm zum Abschied die Hand entgegen.

»Ich werde da sein, wenn nichts dazwischenkommt«, versprach sie und wandte sich zum Gehen. »Danke!«

Tabea sah Till nachdenklich zu, wie er die blaue Kugel im Loch versenkte. Dabei dachte sie an ihren ersten Besuch hier vor fast vierzehn Tagen. Die Kneipe hatte sich als Geheimtipp herausgestellt. Till hatte nicht übertrieben.

Inmitten des Gastraumes war sie erst einmal erstaunt stehengeblieben und hatte die einzigartige Beleuchtung betrachtet, die sie auch heute wieder faszinierte: Entlang der Decke schlängelte sich eine rote Neonröhre, die in der Mitte des Raumes in geschwungenen Buchstaben endete, die den Namen der Gaststätte »Pool & Dance« bildeten und den

Raum in ein warmes, angenehmes Licht hüllten. Im Gegensatz zu ihren ärgsten Befürchtungen war es ein ganz solider Gastraum mit einem schwarz-weißen Tresen sowie einzelnen Nischen, in denen kleine Tische inmitten von halbrunden Ledergarnituren und vereinzelten Stühlen standen.

Klein, aber fein – war ihr erster Eindruck gewesen, dann erst hatte sie den abgetrennten Raum im Hintergrund bemerkt, in dem vier Billardtische standen. Billard hatte sie von klein auf gespielt, denn seit sie denken konnte, gab es im Keller ihres Elternhauses einen Billardtisch. Dementsprechend war auch ihr Können, was Till bereits bei ihrem zweiten Stoß ein genervtes »Oh Gott, was hab ich mir denn da für ein Früchtchen angelacht« entlockt hatte. Zähneknirschend hatte er nach zwei Runden zugeben müssen, dass er gegen sie nicht den Hauch einer Chance hatte.

Seither waren sie noch zweimal hier gewesen und Tabea genoss es jedes Mal, einen ungezwungenen Abend mit Till verbringen zu können. Da er als Kameramann beim Fernsehen vom Fach war, ging ihnen auch nie der Gesprächsstoff aus und was fast noch wichtiger war: Er machte keinerlei Annäherungsversuche.

Aber heute redete er fast kein Wort und starrte immer dann, wenn sie an der Reihe war, stumm auf den Billardtisch, anstatt ihre Spielzüge zu kommentieren, wie er es sonst immer tat.

»Du bist heute ausgesprochen schweigsam«, stellte sie fest, nachdem sie das Elend eine halbe Stunde mit angesehen hatte.

Er stellte das Queue ab und stützte sich darauf ab. »Entschuldige, ich hänge irgendwie noch bei der Besprechung von heute Mittag fest.«

»Die scheint nicht sehr erfreulich gewesen zu sein.« Tabea neigte den Kopf und musterte ihn gründlich von oben bis unten.

Wenn sie ihn ansah, wurde sie immer unweigerlich an den Schauspieler Henning Baum erinnert. Till trug wie dieser einen dichten, gepflegten Bart und seine kurzen Haare ließen sich kaum bändigen. Seine Augen wirkten unter den dichten Augenbrauen immer etwas bedrohlich, vor allem wenn er sie wie eben so nachdenklich ansah. Tiefe Furchen hatten sich heute in seine Stirn gegraben, die er fast minütlich runzelte. Egal, ob er lachte oder grübelte, die Stirn war Zeuge all seiner Gefühlswallungen. So auch jetzt.

»Ich muss bis Juli nach ... Dubai.«

Tabea bemerkte zwar das Zögern, doch schenkte sie diesem keine Aufmerksamkeit. Zu sehr spürte sie das Bedauern, dass die Freundschaft, kaum dass sie begonnen hatte, schon wieder brachliegen musste. Schon ging der nächste Stoß daneben. »Mist! Und wann fliegst du?«

»Dienstag Früh.« Till sagte dies mit einer Seelenruhe, während sie den Platz wechselten.

»Nächsten Dienstag?« Entsetzt sah sie ihn an.

»Nächsten Dienstag«, bestätigte er.

»Und gleich so lange. Das sind ja vier Monate bis Juli.«

»Ach nee, ich kann auch rechnen.« Er zwinkerte ihr jetzt wieder fröhlich zu. »Das ist mein Job, ich bin halt immer mal wieder für ein paar Monate weg.«

»Aber was tut man vier Monate in Dubai?«

»Dokumentation für ...«, murmelte er leise, während er mit dem Queue zielte und die nächste Kugel versenkte.

»Doku für was?«— »Ich weiß ja ...«

Till brach ab, doch Tabea deutete an, er solle weiterreden. »Mir ist bewusst, dass du nicht ausgehst, aber ich würde mich freuen, wenn du mit mir ausnahmsweise am Samstag noch zum Essen gehst. Ein Abschiedsessen sozusagen. Wir könnten nach Eschingen fahren, ich lade dich ein.«

»Lass uns lieber hier essen und anschließend kannst du mir ja mal das »Dance« zeigen.«

»Ist das ein Ja?« Till sah sie erfreut an.

»Eher ein ausnahmsweise.«

Was nun? Christian parkte seinen Wagen auf dem Tiefgaragenstellplatz des Mehrfamilienhauses, in dem er mit Chloé wohnte, schaltete den Motor aus und starrte grübelnd auf die graue Wand vor ihm. Es war spät geworden, zwei Notfälle waren hereingekommen und hatten die Aussicht auf den Feierabend wieder wie eine Seifenblase platzen lassen. Jetzt wollte er nur noch ins Bett.

Und nicht wieder nachdenken, wie er sein Leben endlich in geordnete Bahnen lenken konnte. Eigentlich wusste er ja, was zu tun war. Spätestens seit Chloé das Baby verloren hatte, war klar gewesen, dass das ein Wink des Schicksals gewesen war. So tragisch dieser Wink auch war.

Es half nichts, sie mussten sich endlich eingestehen, dass ihre Ehe gescheitert war. Vielleicht waren sie beide nie wirklich bereit dazu gewesen. Und auch Chloé schien es zu wissen.

Seit Tagen war sie noch schweigsamer und in sich gekehrter als sonst. Sie ging ihm aus dem Weg und redete kaum ein Wort mit ihm.

Zwei Frauen, die ihm alles bedeuteten, schienen sich wohler zu fühlen, wenn er nicht in ihrer Nähe war.

Seufzend stieg er aus und ließ den Fahrstuhl links liegen. Das Treppensteigen würde ihm gut tun und seine aufgewühlten Nerven beruhigen. Schwer atmend kam er schließlich im sechsten Stockwerk an und schloss die Eingangstür auf.

»Shit!« Er hörte einen Fluch, einen lauten metallischen Knall, dann erneut ein Fluchen und ging in die Richtung, aus der die Stimme kam.

»Was machst du da?« Christian stieß die Tür zum Schlafzimmer auf und fand seine Frau vor, die einen Koffer packte.

»Nach was sieht es aus?«

»Lass es, Chloé!« Er hielt ihre Hand fest und zwang sie mit der anderen, ihn anzusehen. »Wenn hier einer auszieht, dann bin ich es.«

»Ach, Christian. Ich kann nicht mehr.« Kurzzeitig sah er Alexandra vor sich, die heute Mittag dieselben Worte gesprochen hatte. Doch plötzlich schwammen in Chloés Augen lauter Tränen. Er zog sie an sich und umarmte sie liebevoll.

»Oh, Chloé. Du brauchst endlich Hilfe. Ich kann dir nicht mehr helfen. Das wissen wir doch beide.«

Chloé nickte und schniefte.

»Wir haben beide viel zu viel Ballast, den wir mit uns herumschleppen. Bevor wir den nicht abwerfen, werden wir nie wirklich frei sein.«

»Das Baby hätte unsere Ehe auch nicht retten können.«

»Nein, und du hättest dir nur noch mehr Vorwürfe gemacht.« Christian strich sich die Haare aus der Stirn. »Ich hatte mich trotzdem darauf gefreut, Vater zu werden.«

»Du wärst auch ein guter Vater geworden.«

»Und du eine gute Mutter.«

Der Tränenstrom verstärkte sich, bitter schnaubte sie auf. »Wer weiß? Vielleicht war es besser so.«

»Chloé ...« Eigentlich wusste er auch nach der langen Zeit nicht wirklich, wie er ihre Schuldgefühle teilen oder lindern konnte. »Wieso bist du eigentlich noch wach?«

»Ich hatte ein langes Gespräch mit Pfarrer Eberling. Dieser Mann ist ein Phänomen. Er hat zwei Doktortitel, so sieht er gar nicht aus. Außerdem ist er Traumatherapeut. Ich denke, er kann mir helfen. Und wenn nicht er, dann jemand anderer, er hat bestimmt Kontakte. Aber ich bin jetzt bereit dazu.«

»Ach, Chloé!«

Sie holte mehrfach Luft, sammelte sich, hob den Kopf und versuchte ein Lächeln. »Christian, können wir trotzdem Freunde bleiben? Denn das bist du wirklich, mein allerbester Freund.«

»Natürlich.« Christian küsste sie sanft auf den Mund und bedauerte den Bruchteil einer Sekunde, dass er nicht einen Funken von Leidenschaft verspürte, wenn er Chloé im Arm hielt. Er nahm den Koffer vom Bett und legte ihn auf den Boden. »Ich packe morgen früh meine Sachen und schaue, ob ich irgendwo unterkomme. Im schlimmsten Fall bei meiner Mutter.« Er verzog das Gesicht.

Chloé lachte auf und wischte sich mit dem Ärmel die Tränen ab. »So schlimm ist sie auch wieder nicht.«

»Sie ist meine Mutter. Und mit zweiunddreißig wollte ich wirklich nicht mehr bei ihr wohnen.«

»Vielleicht findest du was im Wohnheim. Soviel ich weiß, sind noch nicht alle Wohnungen vermietet.« Chloé setzte sich aufs Bett und breitete die Arme aus. »Bitte, nimm mich noch einmal in den Arm.«

Er umarmte sie und gemeinsam kuschelten sie sich auf die Decke. »Ich bin immer für dich da. Versprochen – immer!«

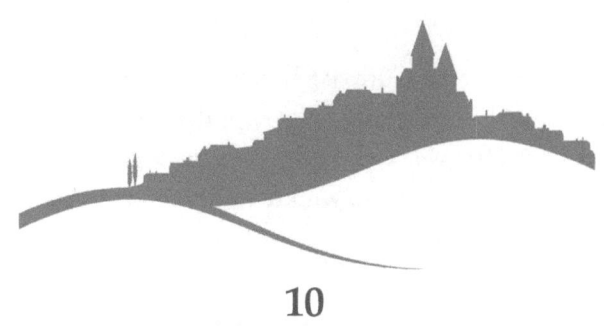

10

Alexandra fluchte, dann schnappte sie einen zweiten Eimer weißer Wandfarbe und hievte ihn auf ihren Einkaufswagen. Dort lagen schon Tapetenrollen und Pinsel. *Eigentlich hatte sie mit Nathalie gemeinsam einkaufen wollen, also was machte sie hier alleine? Und für wen?*

Wütend schnappte sie ihren Wagen und drehte ihn schwungvoll um neunzig Grad, dann schob sie ihn energisch den Gang entlang. Solche Gedanken gehörten verboten: *Für wen?*

Sie machte dies einzig und allein für sich, für Nathalie und Daniel und es würde schließlich auch für etwas Ablenkung sorgen.

Seit einer Woche tat sie nämlich nichts anderes, als an Nathalies Bett zu sitzen und zu hoffen, dass sie endlich wach werden würde. Sie zeigte zwar immer wieder kurz Anzeichen, aufzuwachen, doch dann dämmerte sie wieder weg. Wie lange das noch ging, wusste keiner. Bevor ihre Gedanken noch frustrierender werden konnten, bog sie in den nächsten Gang des Baumarktes ein und knallte mit ihrem Einkaufswagen mitten in einen anderen. Der Aufprall war so heftig, dass sie sich den Griff in den Bauch rammte und nach Luft japste.

»Ach du meine Güte. Ist Ihnen etwas passiert?« Die männliche Stimme klang aufgeregt, doch Alexandra, die damit beschäftig war, sich nach unten zu beugen, um dem Schmerz Herr zu werden, winkte nur ab und atmete konzentriert ein und aus.

»Lexi?«

Bei dieser Stimme, die ihr plötzlich allzu bekannt vorkam, hob sie den Kopf und knallte nun gegen Christians Kinn, der sich über sie gebeugt hatte.

Der taumelte zurück und hielt sich den Kiefer.

»Wow, das war deutlich!«

Während Alexandra jetzt vor Lachen nach Luft schnappte, hielt er sich am nächsten Regal fest und sah aus, als würde er Sternchen sehen.

»Entschuldige, das wollte ich nicht«, stammelte sie und wischte sich die Tränen von der Wange, die sie vor lauter Lachen nicht mehr zurückhalten konnte.

Christian schloss sekundenlang die Augen, bewegte dann vorsichtig seinen Unterkiefer und grinste schließlich verlegen. »Scheint alles heil zu sein, und bei dir?«, fragte er leise und legte ihr die Hand auf die Schulter.

»Geht schon, ich kann wieder atmen«, meinte sie belustigt.

»Du siehst gut aus«, meinte er zu ihrer Überraschung. »Anders.«

»Ja, klar. Ich hab heute mal ausgeschlafen und bin dick geschminkt, um die Tränensäcke zu verdecken. Alles Maskerade.« Sie grinste ihn an und fühlte urplötzlich ein aufregendes Kribbeln in sich aufsteigen. Gott, tat das gut, dieses Gefühl wieder zu spüren und zu erkennen, dass sie sich nicht zum

Eisblock verwandelt hatte. Selbst die Wut auf ihn schien verschwunden.

»Willst du renovieren?«, fragte Christian und sammelte die Rollen, die beim Aufprall heruntergefallen waren, wieder auf.

»Ja. Wir wollten es ja eigentlich gemeinsam machen. Nathalie und ich. Aber da ich nicht weiß, wie lange das noch geht ... Außerdem muss ich mich beschäftigen. Du hast selbst gesagt, ich soll nicht ständig an ihrem Bett sitzen. Und du?« Sie deutete auf seinen Einkaufswagen, in dem sie eine Lampe und ein Regal entdecken konnte. »Wie mir scheint, ist eure Wohnung noch nicht sehr wohnlich.«

»Ich bin ausgezogen. Wir haben uns getrennt.«

Alexandra konnte nicht verhindern, dass sie automatisch die Augen aufriss. »Ach was?«

»Es funktioniert schon lange nicht mehr mit uns. Gott sei Dank konnte ich kurzfristig vorerst ein Zimmer im neuen Wohnheim ergattern, sonst hätte ich bei meiner Mutter Unterschlupf suchen müssen.« Er zog missbilligend die Stirn in Falten.

»Oh! Deshalb die Lampe.« Mensch Lexi, schalt mal deinen Verstand ein, bisschen intelligenter könnten deine Äußerungen schon sein.

»Kommst du klar?« *Super Frage!* Er sah eigentlich nicht danach aus, als würde er vor Kummer zusammenbrechen. Im Gegenteil, er grinste sie jungenhaft wie früher an. Warum war ihr das bisher nicht aufgefallen, dass er noch immer den rechten Mundwinkel weiter nach oben zog, als den linken?

»Besser als vorher.« Er winkte ab. »Vielleicht ergibt sich mal die Gelegenheit, dann erzähle ich dir meine Geschichte.«

»Vielleicht ...« Alexandra war entsetzt über ihre Einfältigkeit, aber irgendwie schaffte sie es nicht, ihre Gehirnwindungen in vernünftige Bahnen zu lenken.

»Komm schon, ich helfe dir.« Er drehte ihren Wagen um und schob ihn vorwärts, sodass ihr nichts anderes übrigblieb, als mit seinem wesentlich leichteren zu folgen. Sie beschloss, sich nicht weiter zu blamieren und ausnahmsweise nicht zu widersprechen.

»Danke, aber ich schaffe das jetzt alleine.« Alexandra wusste auch zehn Minuten später vor lauter Verlegenheit nicht, wie sie ihn endlich loswerden konnte.

»Ach was. Die Farbeimer sind viel zu schwer für dich.« Christian trat an Alexandras Auto und versuchte, die Heckklappe zu öffnen.

»Ist das noch das Auto von deiner Mutter?«, fragte er verwundert, als er die Klappe nicht aufbekam.

»Ja. Das geht so nicht.« Alexandra schob den Einkaufswagen zur Seite und öffnete die hintere Beifahrertür. »Die Heckklappe klemmt. Ich lade es hier ein«, murmelte sie mit hochrotem Kopf.

Christian rüttelte immer noch vergeblich daran, dann schüttelte er lächelnd den Kopf. »Gibt es in Mittsingen keine Werkstatt mehr?«

»Bestimmt«, murmelte Alexandra und hievte den ersten Eimer ins Auto.

»Gib schon her.« Christian drängte Alexandra zur Seite und übernahm das Einladen. Als schließlich alles verstaut war, schloss er die Tür und lehnte sich dagegen. »Und warum lässt du die Heckklappe dann nicht reparieren? Das ist doch nervig.«

»Weil ich dafür kein Geld übrig habe.« Alexandras Gesichtsfarbe war nun identisch mit der ihrer Haare.

»Entschuldige, ich wollte nicht indiskret sein.«

Christian schob sich mit der Hand die Strähnen aus der Stirn. Eine Geste, die ihr noch vertraut war. Auch das fiel ihr heute zum ersten Mal wieder auf.

»Komm, ich fahre hinter dir her und helfe dir noch auszuladen.« Er gab die Tür frei.

»Christian, das ist keine gute Idee.«

»Mag sein, aber ich möchte es. Komm schon, lass uns Frieden schließen.«

»Nein, nein, allerhöchstens Waffenstillstand!«

»Okay, damit gebe ich mich zufrieden. Fürs erste.« Christian grinste sie wieder an. Er stand immer noch dicht vor ihr und sie war sich zum ersten Mal seit langer Zeit seiner Nähe sehr deutlich bewusst. Alles kribbelte, alles vibrierte in ihr, von den Zehen bis zu den Haarspitzen. Sie trat instinktiv einen Schritt zur Seite und vergrößerte den Abstand.

»Du kennst ja den Weg«, murmelte sie und stieg schnell ins Auto. Während sie nach Hause fuhr, kontrollierte sie immer wieder im Rückspiegel, ob er ihr wirklich folgte, und analysierte ihre Gefühle.

Sie spürte tief in sich ein Gefühl, das sie sechs Jahre lang vermisst hatte, aber eigentlich gar nicht näher ergründen wollte. Dieses Gefühl hatte sie verbarrikadiert und sie hatte nicht vor, sich jemals wieder gegenüber einem Menschen so zu öffnen und so viel preiszugeben.

»Mach jetzt endlich Schluss!« Alexandra ließ sich auf die Treppenstufen sinken, die in den Garten führten, und trank durstig aus der Wasserflasche.

»Zu Befehl.« Christian trat aus der Terrassentür und setzte sich hinter sie. Er nahm die zweite Wasserflasche. »Immerhin ist jetzt kein Fitzelchen Tapete mehr an der Wand.«

»Aber nur, weil du darauf bestanden hast, sofort anzufangen.« Alexandra klang mürrischer, als sie es in Wirklichkeit war. Insgeheim war sie sogar unendlich dankbar, dass er ihr erst geholfen hatte, die bereits ausgeräumten Regale zur Seite zu schieben, alles abzudecken und anschließend hatte er sich nicht vertreiben lassen. Stattdessen hatte er die Leiter aus dem Schuppen geholt, die Tapeten eingeweicht und mit ihr stundenlang die Wände in der Küche und im angrenzenden Essbereich von den alten Tapeten befreit.

»Ich schulde dir jetzt wenigstens ein Essen.« Alexandra sah auf die Uhr.

»Wie wäre es mit Pizza? Ich kann mir nicht vorstellen, dass du jetzt noch kochen willst.«

»Nicht wirklich.« Alexandra verstummte.

»Ich möchte wissen, wie es Nathalie geht«, murmelte sie dann, als das Schweigen unangenehm zu werden schien.

»Nichts leichter als das.« Christian rückte näher, zog sein Smartphone aus der Tasche und wählte eine Nummer. »Doktor Wartmann hier. Ich wollte mich nach Nathalie Freys Zustand erkundigen.« Er lauschte und nickte. »Alles klar. Danke, einen schönen Abend noch.«

Alexandra drehte sich zur Seite und sah ihn fragend an.

»Alles beim Alten. Leider nichts Neues.«

»Wäre auch zu schön gewesen.«

»Musst du Daniel nicht irgendwann abholen?«

Alexandra schüttelte den Kopf. »Er kann bei Tobias schlafen.«

»Gut, dann hole ich jetzt Pizza und du deckst den Tisch. Immer noch Oliven, Peperoni und all das Grünzeug?«

»Klar!« Alexandra lächelte und stand auf, dann streifte sie ihre nassen Hände an ihrer Jeans ab.

Als er wiederkam, war Alexandra geduscht und ihr Duft kostete ihn einige Sekunden seiner Selbstbeherrschung. Ihre Locken waren noch feucht und kringelten sich mehr denn je. Er riss den Blick von ihr los und schaute sich um. Sie hatte nur eine Decke auf den Stufen ausgebreitet, dort, wo sie schon vorher gesessen hatten. Daneben standen zwei eisgekühlte Flaschen Bier und eine Weinflasche mit Gläsern.

»Es ist noch so mild. Ich dachte, wir essen hier draußen. Ich habe leider noch keine Gartenstühle griffbereit. Bier oder Wein?« Sie hob die Weinflasche auf und schwenkte sie einladend hin und her.

»Bier, wenn es dir nichts ausmacht.« Christian gab ihr den oberen Pizzakarton und setzte sich auf der anderen Seite auf die Stufen. »Ist doch ein lauschiges Plätzchen. Hier sind wir früher oft gesessen.«

Alexandra schwieg.

»Hast du dein Teleskop noch?« Christian ließ nicht locker.

»Ja.«

»Hol es raus.«

»Was?« Alexandra hob endlich den Kopf und hielt mit Kauen inne.

»Hol es. Es ist Sternschnuppen-Zeit. Willst du mir allen Ernstes erklären, dass du gerade nicht nach Sternschnuppen jagst?«

»Und wenn, was geht dich das heute an?«

Ein Stoßseufzer von ihm folgte. »Du glaubst mir bestimmt nicht, wenn ich dir sage, dass ich es an jedem Tag in diesen sechs Jahren bedauert habe, dass ich gegangen bin. Ich war ein Arsch.«

»Stimmt!« Alexandra biss sichtlich genussvoll von ihrer Pizza ab. »Ich möchte trotzdem nicht darüber reden.«

»Verstanden. Dann möchte ich mich wenigstens noch mal entschuldigen, was ich über die Reparatur deines Autos gesagt habe. Ich glaube, ich kann mir nicht mal ansatzweise vorstellen, was du in den letzten Jahren geleistet hast.«

»Stimmt auch!« Alexandra sah ihm herausfordernd in die Augen. »Hast du eine Ahnung, was es kostet, eine Sechzehnjährige einzukleiden, die im Monat zwei Zentimeter wächst und das ein ganzes Jahr lang? Wenn sie so weitermacht, dann weiß ich auch nicht, wo die noch hinwächst.«

»Hätte im Übrigen auch auf ein hormonaktives Hypophysenadenom hinweisen können ...«, murmelte Christian.

»Was?«

»Vergiss es.« Er winkte ab und biss herzhaft in seine Pizza, dann kaute er genauso genussvoll. »Hatten deine Eltern keine Lebensversicherung?«

»Doch, aber die war minimal und auf dem Haus waren noch Schulden. Sie waren ja noch so jung, damit rechnet doch keiner.«

Christian hörte nicht wirklich zu. Während er Stück für Stück seine Pizza vertilgte, sog er ihr Bild in sich auf. Sie hatte ihm gefehlt! Viel mehr, als er es sich je eingestanden hatte. »Wie viele Brillen hast du eigentlich?«, rutschte ihm heraus, da ihm schon morgens das violettfarbene Gestell aufgefallen war, das sich witzigerweise mit ihrer roten Haarfarbe kaum biss.

»Irgendeinen Spleen hat jeder«, war Alexandras trockener Kommentar. »Fünf, wenn du es genau wissen willst.«

»Aha, dann kenne ich jetzt alle.« Er vertilgte den letzten Rest seiner Pizza. Als er damit fertig war, klappte er den Pizzakarton zusammen, trank sein Bier leer und rutschte blitzschnell hinter Alexandra.

Er zog sie an seine Brust und fühlte augenblicklich, wie sie in Verteidigungsstellung ging, doch er war stärker. Schließlich gab sie nach und entspannte sich.

»Hey, hey, ich tu dir nichts«, murmelte er in die Massen von Locken, die ihn wie früher an der Nase kitzelten. »Lexi, ich wollte dir nur sagen, dass ich immer noch sehr starke Gefühle für dich habe. Ich ... Nein, nein.«

Er lockerte seinen Griff, als Alexandra protestierte. »Versteh mich nicht falsch, ich will dich zu nichts überreden. Ich möchte nur, dass du weißt, dass ich warte. Wenn du also irgendeine Chance für mich ... für uns siehst, dann sende mir ein Signal.«

»Christian ... das wird nicht geschehen.«

»Wer weiß? Bis dahin wäre ich gern dein Kumpel, auf den du zählen kannst. Versprochen!« Er strich ihr mit beiden Händen über die Schultern und zog sie schließlich zurück, als sie von ihm rückte.

»Du hast nichts zu befürchten.«

»Und du nichts zu hoffen.«

»Ich habe es verstanden«, beschwichtigte er Alexandra. Insgeheim dachte er aber etwas ganz anderes. Er drückte ihr blitzschnell einen Kuss auf die Wange und stand auf. »Danke für den schönen Tag.«

Dann ging er.

Alexandras Haut begann an der Stelle zu glühen, wo er sie berührt hatte, und diese Wärme breitete sich flächenförmig auf ihrem ganzen Körper aus. Da war es wieder! Dieses magische Kribbeln, das sich wie früher sofort bemerkbar machte, wenn er in ihrer Nähe war. Dieses Kribbeln, das sie seither vermisst hatte und das kein einziger Mann auch nur annähernd in ihr entfachen konnte. Sie spürte ihn in jeder Pore ihres Körpers und starrte ihm verwundert nach, als ihr klar wurde, was das bedeutete.

Die Tanzfläche des »Dance« war am Samstagabend zu später Stunde gerammelt voll. Trotzdem hielt es Tabea und Till nicht davon ab, sich schon seit Stunden auf der Tanzfläche zu tummeln. Die letzten Töne des neuesten Passenger-Hits verschmolzen mit den ersten Klavierklängen einer sanften Ballade. Tabea wollte sich wegdrehen und wie schon zuvor die Tanzfläche verlassen, wenn diese Art von Musik gespielt wurde, doch dieses Mal hielt Till sie zurück und zog sie in seine Arme.

»Bitte!«

Dieses eine Wort genügte. Tabea nickte, sie ließ sich von ihm in die Arme ziehen und begann sich langsam mit ihm im Takt zu wiegen. Sie meinte, seinen Herzschlag unter ihren Händen zu spüren, die auf seinem Rücken lagen, und versuchte sich auf die Worte der Sängerin zu konzentrieren: »I was a flower – Now look at what you've done – You've made my colours fade ...«

Minuten vergingen, in denen sie sich gemeinsam bewegten und Tabea hatte das Gefühl, als würde sie von Strophe zu Strophe, mehr von der wunderschönen Melodie eingefangen.

»I was a flower«, sang Agnetha Fältskog erneut den Refrain. Tabea konnte ihre Gedanken von Minute zu Minute weniger ordnen. Stattdessen hatte sie das Gefühl, als erblühe tief in ihr geradewegs diese Blume, von der gesungen wurde.

Sie wurde unruhig und wollte sie sich etwas von Till lösen, doch stattdessen zog er sie näher und sie spürte, wie er ihre Haare zur Seite strich. Ohne weiter nachzudenken, verschränkte sie die Arme hinter seinem Nacken und legte den Kopf an seine Brust. Jetzt fühlte sie seine Körperwärme und roch den Duft seines Aftershaves, das sich mit Schweiß vermischte.

Unwillkürlich schmiegte sie sich noch enger an ihn. Till reagierte sofort und begann mit den Händen sanft über ihren Rücken zu streicheln.

»Crazy nights, wicked ways ...«, nahm Tabea noch auf. Wie in Trance hob sie den Kopf, spürte seinen Atem und sah direkt in seine Augen, die nur Zentimeter von ihren entfernt waren. Er senkte den Kopf und küsste sie.

»I was a flower ...« Die Blume in ihrem Inneren reckte den Kelch und entfaltete Blatt für Blatt ihre wahre Blütenpracht. In Tabea erwachte eine Sehnsucht, die sie bisher nicht gekannt hatte. Sie ließ sich auf diesen Kuss ein und kostete zum allerersten Mal in ihrem Leben einen anderen Mann als Jörn.

Jörn! Sie schreckte auf und wollte schon zurückzucken, da spürte sie, wie er sich weiter vorwagte. Tabea zerfloss vor Wonne und vergaß jeden Gedanken an Jörn.

Je mehr Till von ihrem Mund Besitz ergriff, desto mehr gab sie zurück. Erst als sich jemand neben ihnen lautstark räusperte, schreckten sie auf und bemerkten, dass schon längst ein anderes Lied gespielt wurde.

»Crazy nights. Wie passend.« Tabea sah Till verwirrt an. »Wir sollten gehen!«

Bevor er etwas erwidern konnte, eilte sie zum Tisch, schnappte sich ihre Jacke und Tasche und rannte ins Freie. Dort lehnte sie sich neben dem Ausgang an die Wand und atmete heftig ein und aus. Ihr Herz schlug, als hätte sie einen Hundertmetersprint hinter sich gebracht. *Was hatte sie sich dabei nur gedacht?*

»Alles klar?« Till stand plötzlich neben ihr.

»Nein!« Sie schüttelte den Kopf und sah ihn nicht an. »Ich gehe jetzt wohl besser.«

»Ich bring dich selbstver...«

»Nein, nein! Bitte nicht.« Sie unterbrach ihn atemlos. »Ich muss ...«

»Tabea.«

»Bitte nicht«, flüsterte sie noch einmal. Der Blick in seine dunklen Augen, in denen dieselbe Sehnsucht brannte, die sie selbst fühlte, veränderte schlagartig alles. Sie stieß sich von der Wand ab, trat zu ihm, ließ sich von ihm in die Arme nehmen und küsste ihn.

Die Nacht war lau, ein Rascheln war zu hören, ebenso die leisen Stimmen der Raucher, die im Eingangsbereich standen, aber die beiden waren im Zauber dieser Nacht gefangen und bekamen nichts mehr mit.

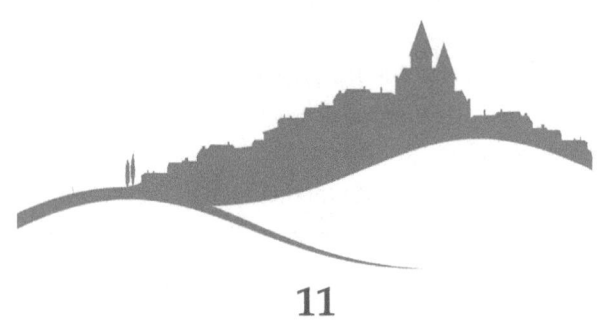

11

»Wie geht es Nathalie?« Pia ließ Alexandra eintreten und steckte ihre Hände in die Kängurutaschen ihres Sweatshirts.

»Unverändert, Jan ist heute Morgen bei ihr. Danke, dass Daniel hier übernachten durfte. Ich habe ein rabenschwarzes Gewissen, weil ich ihn so vernachlässigen muss.«

»Er versteht es doch. Und du musst dich nicht bedanken, das ist doch selbstverständlich. Die Jungs sind noch auf dem Fußballplatz.« Pia sah auf ihre Uhr. »Sie müssten aber in den nächsten zehn Minuten kommen. Setz dich.«

Alexandra nickte und zog ihre Jacke aus, die sie über die Sofalehne hängte. Dann setzte sie sich Pia gegenüber, die sich in den Sessel hatte fallen lassen.

»Nathalie sieht so schmal und zerbrechlich aus. Genau wie nach dem Unfall.« Alexandra schob ihre Hände unter ihr Gesäß und wippte unruhig hin und her. »Pia, ich hab schreckliche Angst um sie.«

»Oh, Lexi.« Pia stand auf, setzte sich neben sie und legte den Arm um ihre Schultern. »Das wird schon alles gutgehen, du musst nur daran glauben.«

»Ich weiß. Christian ist auch so zuversichtlich. Es ist verrückt, aber er wirkt so unerschütterlich, wenn er jetzt so als Arzt vor mir steht. Früher war er so weich und unsicher. Als er damals ging, war er das genaue Gegenteil von heute.«

»Du bist auch nicht mehr die Gleiche wie damals.«

»Stimmt!« Alexandra stand auf und trat zum Fenster. Sie schaute hinaus, dann drehte sie sich zu Pia um.

»Er macht mich nervös«, gab sie dann endlich zu. »Ich habe ihn gestern im Baumarkt getroffen, danach bin ich ihn nicht mehr losgeworden. Er hat sich von seiner Frau getrennt.«

»Echt? Hat er dich geküsst?« Pia sperrte die Augen weit auf. »Erzähl mir bloß alles bis ins letzte Detail!«

»Pia.« Alexandra kicherte. »Da war gar nichts. Er hat mir geholfen, die Tapeten runterzukratzen. Danach haben wir eine Pizza gegessen und geredet.«

»Und?«

»Nichts und.«

»Kein Kuss?«

»Nein.« Alexandra knabberte nervös auf ihrer Unterlippe. »Es ist verrückt. Vor knapp vier Wochen treffe ich ihn wieder und seither spielt mein Gefühlsleben verrückt. Ich will das nicht, Pia!«

»Dann bleibt dir nichts anderes übrig, als ihm aus dem Weg zu gehen. Was momentan aber nicht einfach sein wird.«

»Ich wusste die ganze Zeit, dass ich ihn spätestens bei Sveas Hochzeit sehen würde und wollte ... Ach, ich dachte einfach, ich sei über ihn hinweg.«

»Quatsch! Was du gemacht hast, war, deine Gefühle einzusperren. Du warst die ersten Wochen und Monate nach dem Unfall so darauf fokussiert zu funktionieren und deinen Geschwistern die Familie zu erhalten.« Pia zog ihre Beine an und schlang die Arme darum. »Aber hast du dich wirklich jemals mit der Trennung von Christian auseinandergesetzt? Mir kam es anfangs so vor, als wärst du erstarrt. Hast du dir damals die Augen wegen ihm ausgeweint oder den Schmerz zugelassen? Sei einmal ehrlich zu dir.«

»Ich hab wochenlang nur geweint. Jede Nacht, tagsüber im Krankenhaus, bis ich nicht mehr konnte.«

»Um deine Eltern und um Nathalie. Hast du einmal in dieser Zeit an Christian gedacht?«

Alexandra schloss die Augen und verbot sich jeglichen Gedanken an diese Zeit.

»Le-xi?«, hakte Pia leise nach. »Hast du?«

»Ich will nicht über diese Zeit reden.«

»Okay, verstanden. Dann probieren wir mal was anderes.« Pia war wie immer sehr hartnäckig. »Was fühlst du, wenn du mit ihm zusammen bist?«

»Mir ist, als wäre mir eine Last von den Schultern genommen. Er macht mich ... fast glücklich.«

»Dann solltest du doch die Chance nutzen, die sich bietet. Findest du nicht?«

Das Gespräch mit Pia ging ihr auch am nächsten Tag nicht aus dem Sinn. Hatte Pia recht?

Hatte sie sich jemals einen Gedanken an Christian erlaubt? Nein, sie hatte ihn verbannt, weil es sonst gar nicht mehr zu ertragen gewesen wäre. Der Kummer und Schmerz über den

Verlust der Eltern war schon kaum zu bewältigen gewesen. Reiner Überlebenswille hatte sie funktionieren lassen. Für Liebeskummer hatte sie wahrhaftig keine Kraftreserven besessen, also hatte sie die Gefühle kurzerhand weggeschlossen und sich geweigert, darüber nachzudenken.

An diesem Montag, elf endlos lange Tage nach Nathalies Operation, stand sie am Fenster und starrte nach draußen, wo Landschaftsgärtner mit schwerem Gerät die Erde begradigten. An anderer Stelle entstanden Blumenrabatten und ein junger Kerl pflasterte schon seit Stunden in akribischer Feinarbeit mit zweifarbigen Steinen den geschwungenen Weg, der später einmal rund um den neuangelegten Krankenhauspark führen würde. Wenn Nathalie und sie dann hoffentlich nicht mehr hier wären.

So in ihre Gedanken versunken nahm sie nicht gleich das Husten wahr, das vom Bett kam. Erst als eine heisere Stimme krächzte, »Mein Kopf tut gar nicht weh!«, drehte sie sich ruckartig um. Sie hastete zum Bett und starrte ihre Schwester fassungslos an, die sie müde aber sichtbar verschmitzt anlächelte.

»Endlich! Du bist wach! Gott sein Dank!« Alexandra fiel geradezu ein Felsbrocken vom Herzen.

»Mama ist traurig, dass du so einsam bist.« Nathalie fielen die Augen wieder zu und Alexandra war nicht sicher, ob sie richtig verstanden hatte. Sie wartete, bis Nathalie das nächste Mal die Augen aufschlug, und fragte nach: »Wieso Mama? Wie meinst du das?«

Nathalie gab keine Antwort. Alexandra hatte stattdessen das Gefühl, als würde sie intensiv gemustert, was sich dann auch bestätigte: »Du siehst ja voll scheiße aus.«

Alexandra ignorierte die Worte und fragte stattdessen völlig aufgelöst: »Siehst du mich?«

»Total verschwommen, aber das sehe ich.« Nathalie nickte und schloss erschöpft die Augen. »Ich bin so müde.«

»Gott sei Dank!« Alexandra sandte ein Stoßgebet gen Himmel und drückte auf den Klingelknopf.

Sekunden später lugte eine Schwester ins Zimmer und verschwand sofort wieder, nachdem sie die Lage erfasst hatte. Keine fünf Minuten später kam sie mit Doktor Wahl und Doktor Harrison zurück, die Nathalie in Alexandras Beisein kurz untersuchten. Aber Nathalie dämmerte immer wieder weg. Birgit Wahl drehte sich lächelnd zu Alexandra um.

»Frau Frey, sie hat es geschafft. Wir lassen sie noch eine Weile schlafen und machen nachher gleich ein paar Untersuchungen, wenn Doktor Wartmann auch hier ist. Dann werden wir wissen, woran wir sind.«

»Sie sagte, sie könne mich sehen. Entschuldigung, ich muss ganz kurz raus.« Alexandra konnte die Tränen der Erleichterung nun nicht mehr zurückhalten.

Sie flüchtete vor die Tür und gestattete sich zum ersten Mal seit langem, schwach zu sein. Als sie sich wieder gefasst hatte, griff sie zum Telefon, um allen, die mitgebangt hatten, die gute Nachricht mitzuteilen. Pia rief – noch während sie telefonierten – nach Daniel, und versprach, sich sofort mit ihm auf den Weg zu machen. Jan ließ einen lauten Jubelschrei verlauten und Alexandra konnte ihn kaum überreden, doch bitte später zu kommen, damit Nathalie noch etwas Ruhe hatte. Erst als sie ihm versprochen hatte, dass sie ihn mit Nathalie später auch alleine ließ, gab er sich damit zufrieden.

»Lexi, bist du den ganzen Nachmittag hier gewesen?«

Christians tiefe Stimme schreckte Alexandra auf, die erst seit ein paar Minuten wieder an Nathalies Bett saß, nachdem sie in der Cafeteria eine Kleinigkeit als Abendbrot gegessen hatte. Nathalie schlief, unruhig – aber sie schlief. Der Besuch und die vielen Untersuchungen hatten sie zusätzlich erschöpft. Alexandra brachte es nicht übers Herz, sie zu verlassen.

»Ich kann sie nicht allein lassen. Ich bin so erleichtert.«

»Lexi, ich glaube kaum, dass sie jetzt noch einmal aufwacht. Der Tag hat sie verständlicherweise geschlaucht. Und dich auch, geh heim. Hol Luft.«

Alexandra schüttelte den Kopf.

»Die Schwestern kümmern sich um sie. Hast du wenigstens schon was gegessen?«

»Ja, ich bin schnell noch in eure Cafeteria gehuscht.« Sie stand seufzend auf. »Du hast ja recht. Ich bin wie eine Glucke, aber ich kann halt nicht aus meiner Haut.«

»Komm mit, ich hab Feierabend. Es dauert noch ein Weilchen, bis es dunkel wird. Lass uns wenigstens spazierengehen. Bist du mit dem Auto da?«

»Es springt nicht mehr an.« Sie schüttelte den Kopf und dachte an heute Morgen, als sie fluchend beschlossen hatte, das Auto jetzt zu verscherbeln und ein neues zu kaufen, selbst wenn ihre letzten Ersparnisse dann draufgingen.

»Ich fahre dich heim.«

Alexandra war zu müde und ausgelaugt, um zu widersprechen, außerdem fuhr die Bahn um diese Zeit nur noch im Stundentakt. Kaum saßen sie in seinem Auto, legte sie den Kopf an die Kopfstütze und schloss die Augen. »Ich bin fix und fertig und so unendlich glücklich. Werden wir je erfahren, warum sie nicht aufwachen wollte?«

»Ich glaube nicht. Wenn wir Glück haben, hat sie geträumt und erinnert sich. So was gab es schon.«

»Das wäre schön.« Während sie sich anschnallte, fielen ihr Nathalies Worte wieder ein: »Mama ist traurig, dass du so einsam bist.« Mühsam versuchte sie, ihre Augen offenzuhalten, aber die Anspannung der letzten Wochen forderte ihren Tribut. Ihr fielen die Augen zu und sie entspannte sich. Wenig später schreckte sie auf. Die scharfe Kurve hatte sie so abrupt in den Sitz gepresst, dass sie sich festhalten musste. Sie erkannte die kurvenreiche Strecke sofort. »Oh nein. Nicht an den See.«

»Jetzt komm schon. Ich war noch gar nicht dort, seit ich wieder in Deutschland bin.« Christian zog sie kurzerhand aus dem Auto, nachdem er auf dem Parkplatz den Wagen abgestellt hatte.

Alexandra sah sich um. Auch wenn schon die Dämmerung einsetzte, den Weg zum See würde sie auch in tiefster Finsternis noch finden. Hier waren sie immer spazieren gegangen. Hier hatten sie endlose Diskussionen über das Studium und ihre Reise nach Amerika geführt. Und hier hatte sie ihm damals auch erklärt, dass er alleine fliegen musste.

»War Texas so, wie wir ... wie du dir das immer vorgestellt hattest?«, fragte sie, um sich abzulenken.

»Nein!« Er sah sie eindringlich an. »Du hast gefehlt!«

»Am Anfang vielleicht«, murmelte sie und fühlte sich alles andere als wohl unter seinem Blick.

»Du hast keine Ahnung!« Christian riss einen herunterhängenden Ast ab und warf ihn in den Wald. »Ich war so ein verbohrter Idiot. Erst Wochen später ist mir klargeworden, was ich getan hatte. Wie hast du das alles alleine geschafft?«

»Ich hatte Hilfe. Pia war ununterbrochen an meiner Seite. Deine Mutter sprang ein, wann immer sie konnte und Mamas Freundinnen halfen mir auch.« Sie hatten die Lichtung erreicht, glitzernd lag der See vor ihnen. Alexandra ging zu einer Rasenfläche, wo sie sich früher immer aufgehalten hatten und wartete, bis Christian, der sich lange umsah, ihr folgte. »Trotzdem frage ich mich heute schon ab und zu, wie ich das geschafft habe.«

»Du kämpfst wie eine Löwin darum, das zu erreichen, was du dir als Ziel gesetzt hast. So warst du schon immer.« Er strich ihr eine rote Locke hinters Ohr und verharrte mit der Hand Bruchteile von Sekunden an ihrer Wange. »Ich war mir damals sicher, dass ich das nicht mehr für dich war. Das Ziel!«

Alexandra zeigte ihre Missbilligung mit einem tiefen Schnauben.

»Ich hab immer gehofft, dass irgendwann mal ein Arzt sagt, er könne Nathalie helfen. Schon komisch, dass ausgerechnet du das bist.« Alexandra wechselte bewusst das Thema und ließ sich ins weiche Gras sinken.

»Wer ahnt schon, wie das Leben so spielt.« Christian setzte sich neben sie und legte den Arm um ihre Schultern, als sie fröstelte. »Es ist einfach immer noch wunderschön hier.«

Beide starrten schweigend auf den See, bis Christian von Texas zu erzählen begann. »Ich war auch im McDonald-Observatorium. Es ist gigantisch.«

Alexandra dachte an ihren Traum, genau dort und an der angebundenen Universität ihr Studium fortzuführen. Aber es brachte nichts, über vertane Chancen zu reden. Wieder wechselte sie das Thema. »Hast du eine Ahnung, wo ich ein einigermaßen bezahlbares Auto herbekomme?«

»Nee, aber ich kann Alex fragen.«

Eine Weile unterhielten sie sich über alles Mögliche. Inzwischen lagen sie nebeneinander im Gras und schauten in den Himmel. Sie fühlte sich wohl in seiner Gegenwart und vergaß dabei vollkommen Zeit und Raum. Schließlich war es so dunkel, dass die ersten Sternbilder gut zu erkennen waren. Irgendwann drang die Feuchtigkeit durch die Kleidung, doch sie ignorierte dies. Sie stützte sich mit beiden Händen ab und starrte in die unendliche Weite, die sie schon immer völlig in ihren Bann gezogen hatte. Unzählige Male war sie hier an Christians Seite gelegen und hatte mit ihm die Sterne beobachtet. Sternschnuppen gezählt und ihren größten Wunsch gemurmelt, der immer derselbe gewesen war: *Ein Leben, eine Familie mit Christian.*

Während sie so in den Himmel starrte und abwesend seine Fragen beantwortete, konnte sie zusehen, wie das Sternbild Orion langsam immer deutlicher wurde. Sofort fiel ihr ein, was man in der Mythologie über dieses Sternbild erzählte. »Hab ich dir jemals erzählt, was man über Orion sagt?«

Sie deutete an den Himmel. Christian schüttelte den Kopf.

»Orion soll der Sohn des Meeresgottes Poseidon gewesen

sein, der die Insel Chios von wilden Tieren befreite. Als er jedoch die Tochter des Königs vergewaltigte, wurde er zur Strafe von ihrem Vater geblendet. Orion wanderte blind nach Osten, um von den Strahlen der Morgensonne geheilt zu werden. Eos, die Göttin der Morgenröte, verliebte sich augenblicklich in ihn ...«

»Was für ein Zufall.« Christian rollte sich zur Seite und stützte sich auf dem Ellbogen ab.

»Ich war schon ewig nicht mehr hier«, flüsterte sie plötzlich.

»Lexi ...« Christian strich über ihre Oberschenkel.

»Nicht.« Sie setzte sich auf und zog die Knie an.

»Doch, du spürst das doch auch. Es knistert wie verrückt zwischen uns.« Nun setzte auch er sich auf, näherte sich ihr und küsste sie zärtlich.

Instinktiv erwiderte sie den Kuss und sofort waren die prickelnden Gefühle von früher wieder da. Das Sehnen nach ihm, das Ziehen, die Wärme überall in ihrem Körper. Vielleicht war das hier genau das, was sie momentan brauchte. Eine Nacht mit ihm, was immer danach kam.

Nur eine Nacht! Einfach loslassen, an nichts denken, nur fühlen, begehren, begehrt werden und nur sie selbst sein dürfen. Anschließend konnte man mit Hirn und Verstand überlegen, wie es weitergehen sollte. Jetzt jedoch regierten Gefühle, Sehnsucht und Lust. Sie wollte ihn, wollte ihn in den Armen halten, sich in seinen verlieren. Alles vergessen!

»Christian ...« Automatisch kam ihr sein Name über die Lippen.

»Hm?« Er küsste sie wieder und wieder. Federleicht, dann fordernd. Dann mit einer Glut, dass sie ihn am liebsten hier auf der Stelle geliebt hätte. Sie würde heute nur genießen, nicht denken. »Komm, wir fahren heim.«

»Bist du sicher?«

»Nein, vermutlich ist es sogar ein Fehler. Aber ich will dich.«

»Lexi!« Christian zog sie so dicht an sich, dass ihr kaum Luft zum Atmen blieb. Alles, was sie fühlte und roch, war er. Sein Duft, sein unwiderstehlicher Duft, den sie nie vergessen hatte.

Alexandra schmiegte sich an seine Brust und genoss das Gefühl, Christian nahe zu sein. Sie hatte jetzt die Wahl, entweder belog sie sich weiterhin oder sie gestand sich endlich ein, dass sie ihn nie vergessen hatte. Vielleicht hatte sie auch nie aufgehört, ihn zu lieben. Doch darüber konnte sie auch morgen nachdenken. Jetzt wollte sie nur genießen. Mutig sprang sie auf.

»Komm!«, sagte sie und zog ihn mit sich, dann jedoch hielt sie inne und deutete an den Himmel. »Sternschnuppen. Ein ganzer Sturm, guck doch!« Sie drehte sich um, schloss die Augen und küsste ihn schnell ein letztes Mal. »Wünsch dir was!«

Später konnte sie nicht mehr sagen, ob sein oder ihr Verlangen es verhindert hatte, dass sie es bis in ihr Schlafzimmer geschafft hatten. Kaum war die Haustür hinter ihnen ins Schloss gefallen, hatten sie sich gegenseitig die Kleider vom Leib gerissen und es eben so noch ins Wohnzimmer auf das alte Sofa geschafft, von dem Christian erst mal fluchend die Malerfolie entfernen musste. Kichernd hatten sie sich schließlich auf das Sofa fallen lassen, das augenblicklich mit lautem Quietschen gegen die Belastungen protestierte.

Doch nichts konnte sie stoppen. Sekunden später hatte Christian irgendwoher ein Kondom gezaubert, es übergestreift und dann waren sie miteinander vereint und hatten nur ein Ziel – endlich gemeinsam wieder den Gipfel zu erklimmen.

Als Alexandra schließlich den Höhepunkt heranrollen spürte, seufzte sie erleichtert. *Sie war nicht zu Stein geworden, es hatte nur der richtige Mann gefehlt!* Christian, der in diesem Augenblick, in dem sie erschauderte, mit ihr das Ziel erreichte. Sie schloss die Augen, erbebte und hatte das Gefühl, davonzuschweben und von einer großen Last befreit zu werden.

Am nächsten Morgen befand sie sich schnell wieder auf dem Boden der Tatsachen. Als der Wecker klingelte und Alexandra aus einem tiefen Schlaf erwachte, musste sie feststellen, dass Christian fort war.

Nichts deutete darauf hin, dass er hier gewesen war und sie eine Nacht voll Leidenschaft erlebt hatten. Alexandra seufzte, setzte sich auf und betrachtete die zerwühlte Bettdecke.

Mehr hatte sie vermutlich sowieso nicht zu erwarten gehabt. Und selbst wenn, wäre sie bereit gewesen, sich Christian wieder zu öffnen? Sie wagte es zu bezweifeln.

Als sie unter der Dusche stand und der heiße Strahl ihren

verkrampften Körper zunehmend entspannte, ließ sie die Nacht Revue passieren. Worte waren keine gefallen. Die Lust vereint zu sein, war drängender als alles, was irgendwie mit Vertrautheit oder Liebe zu erklären gewesen wäre.

»Okay. Sex, es war nur Sex. Schließlich sind wir erwachsen.« Alexandra hielt ihr Gesicht unter den Strahl und wusch sich den Schaum aus den Haaren. »Das ist mehr, als du jemals gedacht hast, zu bekommen. Jetzt reiß dich zusammen.«

Erschrocken bemerkte sie, dass sie laut mit sich selbst gesprochen hatte, und stellte rasch die Dusche ab. Wahrscheinlich wurde sie nun zunehmend wunderlich.

»Vielleicht sagt er ja nachher was«, murmelte sie, als sie sich in das Badetuch wickelte.

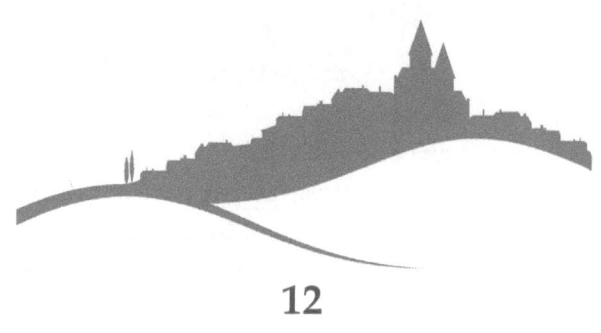

12

An diese Hoffnung dachte sie erst abends wieder. Sie deckte den Abendbrottisch, schnippelte Karotten klein und Gurken in Scheiben und rief nach Daniel.

»Komme gleich!«

Dieses *gleich* kannte sie nur allzu gut. Alexandra setzte sich und grübelte. Der Vormittag, den sie wie üblich bei Nathalie verbracht hatte, war rasend schnell verflogen. Birgit Wahl, die Stationsärztin, hatte Nathalie zu Untersuchungen abgeholt und abschließend mit ihr und Alexandra über die geplante Entlassung Ende der Woche gesprochen. Alle Ergebnisse sahen erstaunlich gut aus. Es würde zwar noch ein paar Wochen dauern, bis sicher war, wie gut sie endgültig sehen würde und welche Brillenstärke sie anschließend brauchte. Momentan sah sie verschwommen, mit einem leichten Schleier, aber Tag für Tag schien es sich weiter zu bessern.

Nathalie erholte sich rasch und war bester Laune. Was man von Alexandras eigener nicht behaupten konnte. Christian hatte sie nicht getroffen, sodass sie nicht mal ansatzweise einschätzen konnte, wie er diese Nacht interpretiert hatte.

»Daniel«, brüllte sie etwas genervt durch das Haus. Da klingelte es. Sie hörte ihn die knarzenden alten Treppenstufen herunterspringen und dann, wie er die Tür öffnete und jemanden begrüßte.

»Komm rein, wir essen gleich.«

Alexandra drehte sich erwartungsvoll auf dem Stuhl zur Tür und starrte auf ein Meer roter Rosen. Sie blinzelte und murmelte, »Ach du Scheiße! So eine große Vase hab ich nicht.«

»Bitte?« Christians Kopf tauchte hinter dem großen Blumenstrauß auf und er strahlte sie an. »Ein bisschen mehr Begeisterung hätte ich jetzt schon erwartet.«

Ihr Herz begann wie wild zu schlagen, blieb stehen und stolperte schließlich weiter.

»Für was ist das?«, fragte sie atemlos.

»Dafür, dass ich heute Morgen in aller Herrgottsfrüh zu einem Notfall musste und erst aus dem OP raus konnte, als du schon wieder weg warst.« Christian kam näher und drückte ihr die Rosen in den Arm. Dann beugte er sich zu ihr und tupfte ihr einen Kuss auf die Lippen. »Ich habe versucht, dich zu wecken, aber du hast geschlafen wie eine Tote.«

»Ach?« Alexandra erwiderte verblüfft den zweiten Kuss und sah sich anschließend dem feixenden Gesicht Daniels gegenüber, als Christian seine Jacke auszog und in die Garderobe brachte.

»Vielleicht holst du, statt so dämlich zu grinsen, noch einen Teller, Besteck und ein Glas«, knurrte Alexandra ihren Bruder an und verbarg ihr zufriedenes Gesicht in den Rosen. Der Duft war himmlisch; durchdringend aber nicht aufdringlich. Sie stand auf, zog einen Eimer unter der Spüle hervor und füllte ihn mit Wasser. Da war Christian zurück und umarmte sie von hinten. »Ich hoffe, es geht in Ordnung, dass ich euch so überfalle.«

Alexandra stellte den Strauß in den Eimer und drehte sich in seinen Armen um. Sie legte die Hände auf seine Brust und sah ihm lächelnd in die Augen. »Ich freu mich, dass du da bist.«

»*Alter!* Was ist das denn für eine Knutscherei. Können wir jetzt endlich essen?«, jammerte Daniel.

»Erstens hab ich dir schon hundertmal gesagt, dass du dieses fürchterliche Wort nicht benutzen sollst und außerdem habe ich schon vor Ewigkeiten nach dir gerufen. Also wartest du jetzt!« Alexandra hatte nun selbst keine Eile mehr und erwiderte stattdessen Christians kurzen Kuss.

Der drehte sich jetzt mit Alexandra im Arm zu Daniel um. »Sag mir mal, was deine Antwort war, als Lexi vorhin nach dir gerufen hat. Bestimmt *gleich* oder, Sportsfreund?«

Daniel nickte glucksend.

»Und wie lange hat dein *gleich* gedauert? Fünf oder zehn Minuten?«

»I-wo. Eher fünfzehn«, gab Daniel zu.

»Also, dann wirst du ja wohl deiner Schwester auch mal fünf Minuten mit mir gönnen können, ohne gleich ungeduldig zu werden.«

»Klar!« Daniel winkte großherzig ab. »Knutscht nur so lange ihr wollt, ich gucke auch nicht hin.«

Alexandra musste sich mühsam beherrschen, um nicht in ein lautes Lachen auszubrechen. In diesem Augenblick fühlte sie pures Glück und Zufriedenheit und sie spürte, wie das Band, das ihr Herz verschloss, weiter wurde. Schnell drängte sie alles zurück. – *Vorsicht, Lexi!*, mahnte sie sich. *Werd' bloß nicht übermütig!*

Christian machte keine Anstalten zu gehen. Erst half er ihr in der Küche. Später erkundete er Daniels Zimmer und half ihm, mit Fischertechnik ein Riesenrad fertigzubauen. Als Daniel schließlich ins Bett verfrachtet war und Alexandra ins Wohnzimmer zurückkam, saß er gemütlich auf dem Sofa, hatte die Arme vor der Brust verschränkt und die Beine auf den Couchtisch gelegt. Der Fernseher lief, doch Alexandra nahm die Fernsteuerung und schaltete ab.

»Wir sollten reden!« Sie blieb in sicherem Abstand stehen und verschränkte ebenfalls die Arme vor der Brust.

Christian setzte sich auf und sah sie erwartungsvoll an. »Über was?«

»*Über was?*« Sie sah ihn konsterniert an, dann verdrehte sie die Augen. »Über das Wetter vielleicht? – Nein, im Ernst. Christian, was soll das werden?«

»Das muss ich jetzt wohl eher dich fragen. Lexi, wir haben eine wunderschöne Nacht miteinander verbracht.«

»Das war nur Sex«, murmelte Alexandra.

»Und Sehnsucht und Leidenschaft und Liebe. Willst du noch mehr hören?«

»Stopp!« Alexandra trat einen Schritt zurück. »Von Liebe will ich nichts hören. Außerdem hast du dich gerade von deiner Frau getrennt, also erzähl mir bloß nicht, dass du dich schon wieder in mich verliebt hast.«

»Nein, das habe ich tatsächlich nicht. Im Gegenteil! Du solltest wissen, dass ich gar nie aufgehört habe, dich zu lieben.

Die Trennung von meiner Frau hatte ganz andere Gründe, aber das ist jetzt nicht unser Thema.« Christian stand auf und kam näher, doch er berührte sie nicht. »Lexi, ich weiß doch, wie sehr ich dich verletzt habe. Und ich bilde mir wirklich nicht ein, dass alles durch eine Nacht vergeben und vergessen ist. Aber ich möchte die Chance, dir beweisen zu dürfen, wie ernst ich es meine.«

»Ich bin nicht sicher ...«

»Ich renne nicht mehr davon, wenn es schwierig wird. Ich weiß auch, dass es purer Blödsinn war, dir zu unterstellen, dass du mich nicht mehr liebst. Statt dir in deinem Kummer zur Seite zu stehen, hab ich dir noch mehr Kummer bereitet.« Er breitete hilflos seine Arme aus. »Ich habe bis heute keine vernünftige Entschuldigung für mein Verhalten finden können. Aber – ich liebe dich, Lexi. Bitte, gib mir eine Chance.«

Alexandras Widerstand bröckelte bei seinen zerknirschten Worten, die er absolut ehrlich meinte, das sah sie ihm an. Es lag nun an ihr, ihm diese zweite Chance zu geben oder ihn wegzuschicken. Was hatte Nathalie gestern gesagt: »Mama ist traurig, dass du so einsam bist.«

»Es wird aber ein langer Weg werden«, murmelte sie und streckte die Arme nach ihm aus.

»Egal – ich bin inzwischen sehr geduldig. Irgendwann wirst du mir den Schlüssel zu deinem Herzen aushändigen.« Er verzog den Mund zu seinem üblichen schiefen Grinsen und ergriff ihre Hände, dann zog er sie zu sich.

»Was habt ihr alle nur immer mit meinem Herz?« Alexandra hob den Kopf und wartete auf den Kuss.

Ein Kuss, der sie dann in ihren Grundfesten erschütterte. Zärtlich senkte er seine Lippen auf ihre und forderte nichts.

Sanft strich er ihr dabei mit den Händen über ihren Rücken, er ließ sich Zeit, wartete ab, bis sie ihm entgegenkam. Minuten verstrichen, in denen sie nur dastanden und sich küssten. Alexandra vergrub die Hände in seinen Haaren und drängte sich näher an ihn.

»Komm!« Christian beendete einen weiteren Kuss und knabberte an ihrem Ohrläppchen, was ihr einen Schauer über den Rücken jagte. Er nahm ihre Hand und zog sie mit sich.

Stunden später, die Alexandra wie magische Momentaufnahmen vorkamen, lag sie ruhig und zufrieden neben Christian, den Arm auf seiner Brust, und strich sanft mit den Fingern durch seine Brusthaare. Ihr war nicht bewusst gewesen, wie sehr sie seine Nähe in all den Jahren vermisst hatte. Wie geborgen sie sich in seinen Armen immer gefühlt hatte.

Er schnarchte leise, doch Alexandra war hellwach. Immer wieder durchlebte sie die Minuten, in denen von Hast und Eile diesmal nichts zu merken gewesen war. Langsam hatte er sie verführt, mit Händen, mit Küssen und mit Liebkosungen, die er ihr ins Ohr geflüstert hatte.

Dabei hatte er ihr Stück für Stück ihre Kleider ausgezogen, und als sie schließlich nackt vor ihm stand, hatte er zischend die Luft eingeatmet und einen Zahn zugelegt. Christian zeigte ihr deutlich, wie sehr er sie begehrte, trotz allem ließ er es zärtlich und langsam angehen, bis sie meinte, es nicht mehr auszuhalten.

»Bitte, komm endlich zu mir«, hauchte sie in sein Ohr, als er eine besonders empfindliche Stelle an ihrem Oberschenkel berührt hatte.

»Langsam, Lexi. Wir haben alle Zeit der Welt.« Erneut hatte er den nächsten Kuss in die Länge gezogen und ein Lachen unterdrückt, als Alexandra sich immer unruhiger bewegte.

»Hör auf«, hatte sie ärgerlich gemurmelt und ihn auf sich gezogen. Doch er hatte sich auf den Rücken gerollt und ihr die Führung überlassen, was sie genussvoll ausgenutzt hatte.

Schließlich waren sie sich schweratmend in den Armen gelegen und Christian hatte ihr erneut seine Liebe ins Ohr geflüstert.

Langsam fielen nun auch ihr die Augen zu. Zum ersten Mal fühlte sie eine Ruhe in sich, eine Zufriedenheit, alles richtig gemacht zu haben und sie wusste, sie konnte mit all ihren Entscheidungen, so schwer sie auch gewesen waren, im Nachhinein zufrieden sein.

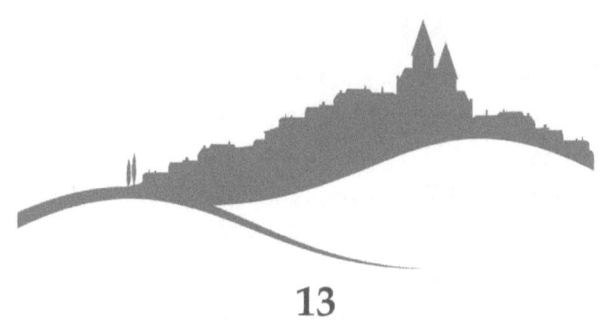

13

»Wow, was für ein tolles Licht für Außenaufnahmen. Ich fahre
in einer Stunde ins Schloss nach Eschingen, das werden bestimmt Knallerbilder.« Tabea schwebte geradezu ins Fotostudio,
sodass Pia sich einen Kommentar nicht verkneifen konnte.

»Hast du irgendwelche Drogen intus?« Sie legte den Kopf
in ihrer typischen Art schräg und hielt Tabea zurück, die den
Kopf schüttelte und nach hinten eilen wollte.

»Nee!« Tabea lachte auf. »Mit mir geht es nur aufwärts.«

Sie nahm Pias Hand und befreite ihren Unterarm, dann
ging sie summend weiter.

»Nachtigall, ick hör dir trapsen.« Pia eilte Tabea hinterher.

»Ich habe den Schlüssel für Tills Wohnung hinten an
einen Haken gehängt.«

»Ach, wie kommst du an Tills Schlüssel?«

»Er hat mich gebeten, seine Blumen zu gießen.«

»Till?«

»Till!«

»Aha!« Pia hatte plötzlich eine Ahnung. »Er ist ein netter
Kerl, nicht wahr?«

»A-hm!« Tabea loggte sich in ihren Mac ein und sah
nicht mal auf.

»Ist er nackt auch so sexy?« Pia setzte alles auf eine Karte und traf mitten ins Schwarze, denn Tabea schnellte auf ihrem Stuhl herum und lief knallrot an.

»Erwischt!« Pia schüttelte sich vor Lachen und begann die Lichtformer neu zu gruppieren. »Ich freu mich für dich. Wie lange ist er dieses Mal weg?«

»Bis Juli.«

Pia stieß zischend die Luft aus. »Ganz schön lang dieses Mal. In welche Gefahrenzone begibt er sich ...«

Tabea schoss erneut auf dem Stuhl herum und schnitt ihr die Worte ab: »Wie? Welche Gefahrenzone? Er ist nach Dubai geflogen. Was ist daran gefährlich?«

Pia war auf der Stelle klar, dass Till Tabea nicht die Wahrheit gesagt hatte. Sie konnte seine Beweggründe sehr gut verstehen, nur wusste sie jetzt nicht, wie sie sich am besten aus der Affäre ziehen sollte. »Ich meinte eigentlich, welches Land macht er jetzt wieder unsicher«, wagte sie einen Versuch und mit Erleichterung bemerkte sie, dass Tabea es ihr abnahm.

»Mann, hast du mir einen Schrecken eingejagt. Hey, Lexi«, begrüßte sie Alexandra, die in der Zwischenzeit zu ihnen gestoßen war.

»Morgen, ihr zwei.« Alexandra strahlte in die Runde.

Aha, die Nächste! Pia begutachtete Alexandra jetzt aufmerksam, dann grinste sie breit. »Hat er den Schlüssel gefunden?«

»Wer soll welchen Schlüssel gefunden haben?«, fragte Alexandra scheinheilig.

»Wer wohl. Christian natürlich.«

»Apropos Christian«, mischte sich Tabea ein. Sie speicherte die Datei ab und drehte sich schwungvoll zu ihnen herum. »Ich war gestern wieder in dieser Selbsthilfegruppe. Danke, für den Tipp.« Tabea lächelte Pia an. »Ich hab seine Frau kennengelernt. Wir haben uns gleich gut verstanden. Ich wusste gar nicht, dass du sie kennst.«

»Wessen Frau?«

»Die Frau von deinem Ex.«

»Er ist nicht mein Ex, nicht mehr.« Alexandra lächelte verschmitzt und senkte den Kopf. So glücklich wie heute hatte sie sich seit vielen Jahren nicht mehr gefühlt. Plötzlich hallte Tabeas Satz in ihr nach, sie sah Tabea fragend an. »Aber ... Ich kenne sie doch gar nicht.«

»Das verstehe ich jetzt aber nicht.« Tabea runzelte die Stirn. »Sie sagte doch, sie würde Nathalie kennen. Wir sind zufällig auf das Thema Krankenhaus gekommen, nachdem sie mir erzählt hat, wie sie auf diese Selbsthilfegruppe für Trauernde gestoßen ist.«

Alexandra spürte ein nervöses Flattern in der Magengegend.

»Wie heißt sie?«, fragte sie mit gepresster Stimme.

»Chloé Harrison. Weißt du das gar nicht?«

Doktor Chloé Harrison!

Alexandras Glücksgefühle erstarrten zu Eiseskälte. Was hatte er noch gesagt: »Ich renne nicht mehr davon, wenn es schwierig wird.«

Was war dann bitte das?

Chloé Harrison hatte vor kurzem eine Fehlgeburt erlitten! Das sah wohl kaum danach aus, als würde er ihr in dieser schweren Zeit beistehen!

Wieder war er gegangen, sobald er gefordert wurde. Immer,

wenn es problematisch wurde, lief Christian davon. Erst hatte er sie sitzenlassen, jetzt Chloé.

Würde er je Verantwortung übernehmen? – Nein!

Diese Erkenntnis ließ sie ohne Vorwarnung in ein großes, schwarzes Loch fallen. Sie fiel und fiel, tiefer und tiefer.

Ein Rauschen dröhnte in ihren Ohren und sie nahm alles nur noch hinter einem dichten Schleier wahr. Hoffnungen und Träume, die sie sich noch gar nicht wirklich eingestanden hatte, zerbrachen in diesem Moment in tausend Scherben.

Ohne eine Regung zu zeigen, begegnete sie Tabeas ängstlichem Blick und zwang sich ganz ruhig zu bleiben. »Nein, das wusste ich tatsächlich nicht.«

Dann versagte ihr die Stimme. Ihr Herz war ein einziger schmerzender Muskel, der mit jedem weiteren Schlag die Wunde weiter aufriss und die Schmerzen in jeden noch so kleinen Winkel ihres Ichs verteilte.

»Ach, du lieber Gott. Lexi, was ist denn?«

Pia legte den Arm um sie und führte sie zum Sofa. Sie signalisierte Tabea, dass sie ein Glas Wasser holen sollte. »Lexi, was ist los?«

»Er ist wieder abgehauen«, flüsterte Alexandra. »Es ist genau dasselbe Spiel wie damals bei mir. Wird es schwierig, ergreift er die Flucht.«

»Wieso?« Tabea reichte ihr ein Wasserglas, das sie ihr zwar abnahm, dann aber nur gedankenverloren in den Händen drehte.

»Chloé Harrison hat doch erst vor kurzem ihr Baby verloren. Wieso lässt er sie jetzt mit ihrem Kummer alleine? Das ist doch klar, dass sie in eine Selbsthilfegruppe muss.«

»Dieser Schweinehund!« Pia schnaubte vor Wut.

»Scheiße!« Alexandra war kaum zu verstehen, während sie mit dem Schmerz kämpfte, und versuchte diesen niederzuringen, wie es ihr all die Jahre zuvor auch immer gelungen war.

Doch dieses Mal war die Wunde tiefer, viel größer, doch auch jetzt ließ sie die Erlösung der Tränen nicht zu. Sie starrte nur schweigend auf ihre Hände und focht den schwersten Kampf ihres Lebens aus.

Später wusste sie nicht mehr, wie sie nach Hause gekommen war. Wusste nicht mehr, dass Pia sie heimgefahren und besorgt ins Wohnzimmer gesetzt hatte. Sie war verstummt und in sich versunken. Zu müde, zu traurig, sich mit der erneuten Enttäuschung auseinanderzusetzen. Sie hatte keine Kraft mehr.

Irgendwann hatte Pia es aufgegeben, auf sie einzureden, und war samt Daniel von Alexander abgeholt worden.

Nun saß sie hier – seit Stunden in der Dunkelheit und starrte vor sich hin. Endlich fasste sie einen Entschluss. Sie stand auf, ging in die Küche und holte ihr Teleskop aus der Speisekammer und baute es Stück für Stück auseinander. Dann ging sie auf den Dachboden, holte den Karton herunter und packte alles sorgfältig ein.

Dann schloss sie den Karton, sah sich ein letztes Mal um, um sich zu vergewissern, dass sie nichts vergessen hatte, und klebte ihn mit Packband fest zu. Irgendwann in den nächsten Wochen würde sie die ganze Kiste nehmen und in den Müll kippen.

So wie ihre Träume und Hoffnungen!

Nie mehr würde sie einen Gedanken an das unendliche Universum da oben, die Sterne, ihre Deutung und ihre Vorhersehung vergeuden. Selbst die Bücher, in denen sie abends so gerne geblättert hatte, hatte sie dieses Mal mit in die Kiste verbannt.

Aus – vorbei!

Der Sternenzauber hatte die Magie verloren. Zu viele Enttäuschungen waren damit verbunden.

Als es klingelte, ignorierte sie es. Sie ging in ihr Schlafzimmer und zog sich aus. Dann zog sie die Bettdecke über ihren Kopf und schloss die Augen.

Mit purem Überlebenswillen verdrängte sie am nächsten Morgen sämtliche Gedanken an Christian und verbarrikadierte den Schmerz wieder in diesen Winkel weit hinten in ihrem Herzen.

Bloß nicht daran denken! Weitermachen, wie immer, mahnte sie sich, während sie langsam quer durch Mittsingen zu ihrem Buchladen ging. Heute hatte sie keinen Blick für die Fachwerkhäuser, an denen sie sich nie sattsehen konnte. Heute hatte sie kein Ohr für das Läuten der Kirchenglocke, die die Stunde schlug. Heute fühlte sie sich leer und verloren und nun galt es, einfach die Stunden irgendwie zu überstehen, bevor sie sich wieder in ihr Bett verkriechen konnte.

Besorgt sahen alle paar Stunden Pia oder Tabea mit irgendwelchen fadenscheinigen Ausreden nach ihr, aber Alexandra bediente mit scheinbar stoischer Ruhe ihre Kunden, ansonsten schwieg sie. Um die Mittagszeit telefonierte sie mit Nathalie und entschuldigte sich dafür, dass sie heute nicht gekommen war. Als Daniel von der Schule kam und im Hinterzimmer, wie üblich seine Hausaufgaben machte, begann sie kartonweise neue Lieferungen zu katalogisieren. Nur, um nicht nachzudenken.

Irgendwann betrat ein neuer Kunde den Buchladen und kam näher. Sie notierte die ISBN-Nummer noch vollständig, bevor sie den Blick hob. Ihr freundliches »Was kann ich für Sie tun?«, blieb ihr im Hals stecken und sie wurde bleich.

Christian stand vor ihr und lächelte sie unsicher an.

»Hey, Lexi, wo warst du denn gestern Abend?«

»Du mieser Schuft!« Wütend funkelte sie ihn an. »Verschwinde aus meinem Laden.«

»Was? Was ist denn jetzt los?«

»Ich zitiere: Ich renne nicht mehr los, wenn es schwierig wird. Ha, dass ich nicht lache.«

»Lexi! Was ist passiert?« Christians Gesicht wirkte wie versteinert.

»Wie würdest du eine Fehlgeburt definieren? Als Kleinigkeit, wegen der man seine Frau verlassen kann. Du – kannst – mich – mal.«

»Unsere Trennung hatte andere Gründe.«

»Ach ja, dann erklär es mir bitte.«

»Das geht nicht.« Christian wand sich sichtlich.

»Es hätte mich auch gewundert. Und jetzt – verschwinde! Dort ist die Tür und komm bloß nie mehr in meine Nähe.« Sie drehte sich auf dem Absatz um und ging ins Hinterzimmer.

Ihre Wut traf ihn mit der Wucht eines Faustschlags. In diesem Moment war ihm klar, dass er sie wieder verloren hatte. Er konnte es ihr nicht mal verdenken. Beim ersten Mal war er davongelaufen, als es schwierig wurde. Die Umstände heute konnte er ihr nicht erklären, ohne dass er Chloés Vertrauen missbrauchen würde.

Minutenlang starrte er auf die Tür, die sie hinter sich zugeknallt hatte.

Sprichwörtlich – endgültig!

Langsam, mit brennenden Augen wandte er sich schließlich zum Gehen.

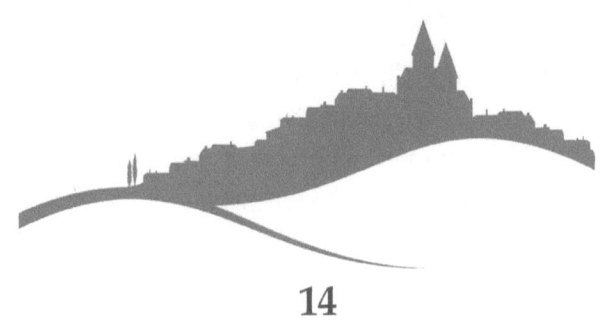

14

Alexandra packte den Griff von Nathalies Reisetasche und wartete ungeduldig, bis die ihre Jacke angezogen hatte. Sie konnte es kaum mehr erwarten, dieses Krankenhaus zu verlassen, das sie nie mehr freiwillig betreten würde – das hatte sie sich geschworen.

Natürlich war es unmöglich in den Tagen, in denen Nathalie noch hier gewesen war, Christian nicht zu begegnen. Doch jede neue Begegnung schmerzte mehr als die letzte.

Dieses Mal hatte sie es nicht geschafft, den Schmerz wegzusperren und auszuklammern. Dieses Mal tobte er vom Aufwachen bis zum Einschlafen ununterbrochen in ihrem Herzen.

Sie hatte nur die nötigsten Worte mit ihm gewechselt, ansonsten würdigte sie ihn keines Blickes. Was mal mehr, mal weniger glückte.

»Wir können.« Nathalie schnappte ihren Rucksack, schob ihre neue Brille zurecht und lächelte Alexandra aufmunternd an. »Es wird bestimmt besser, wenn du ihm nicht mehr begegnest.«

»Dein Wort in Gottes Ohr«, erwiderte Alexandra und eilte aus dem Zimmer, in dem Nathalie vor fast drei Wochen eingezogen war. Die Sehschärfe auf Nathalies linkem Auge verbesserte sich weiter von Tag zu Tag. Sie musste in den nächsten Tagen nur noch einmal zu einem Endokrinologen, damit die Wachstumshormone bestimmt und eingestellt werden konnten. Sie verabschiedeten sich von den Schwestern und Birgit Wahl, dann eilten sie aus dem Krankenhaus.

»Mama und Papa sind mordsmäßig stolz auf dich«, erklärte Nathalie aus heiterem Himmel, als Alexandra mit dem Auto, das sie noch einmal hatte reparieren lassen, vom Parkplatz in den fließenden Verkehr einbog. Ihr Kopf fuhr herum und sie starrte Nathalie an.

»Du hast schon beim Aufwachen von Mama und Papa geredet. Was soll das heißen?«

»Ich war bei ihnen – im Traum. Es war so wunderschön. Ihnen geht es gut und sie sind so stolz darauf, was du für uns getan hast, Lexi.«

»Das sind doch Hirngespinste«, murmelte Alexandra mit klopfendem Herzen.

»Mama meint, man sollte auch verzeihen können. Sie sagte, du sollst daran denken, dass du ihr *Goldnugget* bist. Was heißt das eigentlich?«

Alexandra hielt die Luft an. *Woher wollte Nathalie das wissen?* Goldnugget war das Kosewort ihrer Mutter für sie, als sie noch ganz klein gewesen war. Lange, bevor Bernd in ihr Leben getreten war und sie hatten nie darüber gesprochen. Dies war das Bindeglied zwischen ihr und ihrer Mutter gewesen, das sie an eine andere Zeit erinnerte, die einsam und trotzdem glücklich gewesen war.

»Das gibt's doch nicht.« Alexandra traten die Tränen in

die Augen und sie hatte Mühe, sie wegzuwischen. »Was hat sie noch gesagt?«

»Nicht viel. Sie waren mal da, haben mich beobachtet, mich gestreichelt, dann waren sie wieder weg.«

»Vielleicht gibt es wirklich so was wie eine Zwischenwelt«, murmelte Alexandra und hörte gebannt zu, wie Nathalie berichtete, dass das Koma kein schwarzes Loch gewesen war, sondern tatsächlich wie ein Traum. Wie sie sich zwar an die ersten Schmerzen erinnern konnte, aber auch an das Glücksgefühl, als sie die Eltern erkannt hatte, sie neben ihrem Bett gesessen und über sie gewacht hatten. Und wie sie sich mit ihnen wahrhaftig unterhalten hatte.

»Herrgott, kann denn keiner mal an die Haustür gehen!« Alexandra eilte aus der Waschküche nach oben, da anscheinend keines ihrer Geschwister willens war, auf das Klingeln zu reagieren. Noch immer war sie völlig gefangen in Nathalies Schilderungen und hätte am liebsten mit Pia darüber geredet, aber die war mit Alex unterwegs und Tobias saß oben bei Daniel. Sie riss wütend die Tür auf und verharrte auf der Stelle.

»Guten Abend, Frau Frey. Kann ich vielleicht mit Ihnen reden?« Chloé Harrison stand vor ihr und sah sie fragend an.

»Nein!« Alexandra wollte schon die Tür zuknallen, doch Chloé war schneller und drängte sich dazwischen.

»Bitte! Ich habe erst heute erfahren, dass Sie und Christian sich wieder getrennt haben.«

»Wieso getrennt? Wir waren gar nicht zusammen.«
Alexandra presste die Worte zwischen schmalen Lippen heraus
und bewunderte die Ruhe von Christians Frau.

»Er hat nie aufgehört, Sie zu lieben.«

Alexandra holte zischend Luft. »Wie können Sie das so
ruhig sagen? Das muss doch unheimlich wehtun.«

»Wenn Sie mir eine halbe Stunde Ihrer Zeit schenken,
dann erkläre ich es Ihnen.«

Insgeheim bewunderte sie den Mut dieser Frau. Alexandra
deutete mit der Hand an, dass sie hereinkommen sollte, und
nahm ihr die Jacke ab. »Wollen Sie etwas trinken?«, fragte sie
anstandshalber und ging ins Wohnzimmer voraus.

»Ein Wasser wäre nicht schlecht.« Chloé sah sich im
Wohnzimmer um, das weder eine frische Tapete hatte, noch
frisch gestrichen war, aber Alexandra hatte sich zu nichts
aufraffen können.

»Entschuldigung, wir renovieren gerade.« Alexandra holte
ein Glas aus der Vitrine und schenkte Wasser ein. »Setzen
Sie sich doch.«

Sie klappte ihr Notizbuch zu, das auf dem Tisch lag,
hob einen Bleistift auf und umklammerte diesen fast schon
krampfhaft, blieb aber erst mal abwartend stehen.

Chloé Harrison trank einen Schluck Wasser, dann lehnte
sie sich zurück und suchte Alexandras Blick. »Was ich Ihnen
erzähle, ist absolut vertraulich. Ich zähle auf Ihre Diskretion,
genauso, wie Christian dies respektiert.«

»Selbstverständlich«, murmelte Alexandra.

»Christian kam damals in Houston auf meine Station,
um ein Praktikum zu machen. Ich bin sechs Jahre älter

und war Oberärztin. Mir ging es damals nicht gut, ich merkte sofort, dass auch er mit irgendwelchen Gespenstern kämpfte. Bei den Nachtschichten kamen wir ins Gespräch. Irgendwann landeten wir im Bett ...«, Chloé unterbrach sich, als Alexandra den Stift zerbrach, mit dem sie immer noch spielte. Chloé lächelte und sprach weiter. »Wir haben uns nie geliebt. Wir wurden Freunde, Geliebte und Seelenverwandte, aber nie Liebende. Christian kam nicht damit klar, dass er Sie verlassen hatte. Ich komme bis heute nicht damit klar, ... dass ich den letzten Wunsch einer sterbenden Frau nicht erfüllen konnte.«

»Ich verstehe nicht ganz?« Alexandra versuchte, aus Chloés trauriger Miene schlau zu werden.

»Ich war als Ärztin einer humanitären Einrichtung im Irak. Das war im Jahr, bevor ich Christian kennengelernt habe. Unser Team wurde überfallen und entführt. Monatelang wurden wir durch die Wüste geschleppt und wir wussten nicht, ob wir überhaupt wieder lebend aus dieser Situation herauskommen würden. Zwei meiner Sanitäter wurden vor unseren Augen erschossen.«

Die letzten Worte schwebten so leise im Raum, dass Alexandra nicht sicher war, ob sie richtig verstanden hatte. Sie räusperte sich und fragte verunsichert nach: »Das ... das habe ich jetzt doch hoffentlich ... falsch verstanden?«

»Nein, leider. Es war eine entsetzliche Zeit.« Chloé hob den Kopf und riss sich sichtlich zusammen. »Kurz und gut, wir wurden schließlich von einem Militärkommando befreit. Dabei wurden alle Entführer getötet. Darunter auch eine junge Frau, deren Baby ich ein paar Wochen zuvor per Kaiserschnitt auf die Welt geholt hatte. Sie bat mich darum, wenigstens ihr Kind zu retten. Es war aber anschließend nicht aufzufinden.«

»Wie? Das Baby war weg – einfach so?«

»Es war ein absolutes Chaos. Ich konnte es nicht finden«, flüsterte Chloé. »Seither suche ich dieses Kind.«

»Aber es könnte doch auch tot sein? Wie wollen Sie denn ein Kind in diesem Krieg finden?« Alexandra setzte sich neben Chloé. Die holte tief Luft und suchte dann erneut Alexandras Blick.

»Das Baby hatte ein Feuermal und einen missgebildeten linken Arm. Ich würde es unter tausenden wiedererkennen. Ein behindertes Kind hat kaum eine Chance in diesem Land. Ich muss es finden.«

»Das ist doch ein fast aussichtsloses Unterfangen.«

»Das weiß ich, aber dann hätte ich wenigstens nicht versagt. Verstehst du nun?«, wechselte Chloé schließlich vertraulich ins Du. »Ich ging an dieser Schuld langsam aber sicher zugrunde. Christian hat mich aufgefangen, wir haben uns gegenseitig gestützt und getröstet. Es war eine gute Ehe, aber glücklich waren wir nicht wirklich.«

»Aber ... das Baby? Euer Baby?« Alexandra hatte Mühe, alles zu begreifen.

»Das war nie geplant! Ich bin mir auch bis heute nicht sicher, ob ich das Kind wollte? Ich weiß, es klingt schrecklich, aber ich weiß nicht, ob ich mir hätte verzeihen können, ein eigenes Kind zu bekommen, während ich das andere nicht retten konnte.«

»Chloé, du bist viel zu hart zu dir. Vielleicht hattest du nie eine Chance, es zu retten. Hast du jemals eine Therapie gemacht, um diese entsetzliche Zeit zu verarbeiten?«

»Du klingst wie Christian.« Chloé lächelte. »Ich weiß, ich habe mich verrannt, aber ich muss Gewissheit haben. Erst dann finde ich Frieden. Ich sehe immer diese Bitte in ihren sterbenden Augen vor mir.«

»Aber du hast doch alles Menschenmögliche getan. Du brauchst selbst Hilfe.«

»Ich weiß, ich habe Christian versprochen, mich behandeln zu lassen. Ich würde mir wünschen, dass er weiterhin mein bester Freund sein darf. Keine Angst, ich nehme ihn dir niemals weg. Selbst wenn ich wollte, ich hätte gar keine Chance.«

»Die hab ich wohl auch nicht mehr.« Alexandra hatte schon längst begriffen, wie sehr sie ihm Unrecht getan hatte.

»Geh zu ihm. Er ist todunglücklich.«

Alexandra schüttelte den Kopf. »Ich muss erst mal alles verdauen. Danke, dass du mir alles anvertraut hast. Ich wüsste nicht, was ich in dieser Situation gemacht hätte.«

»Christian war immer für mich da. Endlich kann ich ein bisschen zurückgeben. Wie geht es Nathalie?«, fragte Chloé und lächelte erstmals wieder, wenn auch mit sehr traurigen Augen.

»Gut, sehr gut. Ihr Freund ist da, ich will lieber nicht stören. Ende nächster Woche kommt sie für vier Wochen zur Reha, das wird ihr guttun.« Alexandra lächelte in sich hinein, als sie an das glückselige Pärchen ein Stockwerk drüber dachte. In den nächsten Monaten kamen bestimmt neue Sorgen auf sie zu. Ihr nächster Arztbesuch würde mit Nathalie zum Frauenarzt führen. Vorher lief nichts. Dieses Versprechen hatte sie den beiden Teenagern abgerungen.

»Ich gehe dann besser. Alexandra, bitte rede mit Christian. Gib ihm eine Chance, er hat es wirklich verdient.«

Alexandra nickte und führte Chloé zur Tür. Die beiden Frauen, die in der letzten Stunde stillschweigend zu Freundinnen geworden waren, umarmten sich herzlich und Alexandra sah Chloé noch lange nach, als diese in der Dämmerung verschwand.

Als Alexandra am nächsten Tag die Einkäufe zu Hause einräumte, nahm sie allen Mut zusammen und rief Christian an.

»Christian, hier ist Lexi.«

»Lexi.« Sie hörte ein leises Seufzen, dann fragte er auch schon: »Ist was mit Nathalie?«

»Nein, ich wollte dich zum Essen einladen.«

»Mich?« Seine Überraschung war ihm anzumerken.

»Hast du morgen Dienst?«, fragte sie mit Herzklopfen und hoffte, dass er ihre Anspannung nicht bemerkte.

»Ne-ein.«

»Dann um acht bei mir.«

»Ich bin pünktlich.« Christian war die Überraschung immer noch anzumerken. »Lexi, ich freue mich.«

»Wiedersehen.« Alexandra legte auf und ballte vor Erleichterung ihre Faust.

Am anderen Ende von Mittsingen klingelte Christian Sturm bei Pia und Alexander.

»Verschwinde, du bist hier unerwünscht.« Pia begrüßte ihn freundlich wie immer, doch er schob sie zur Seite und stürmte ins Haus. »Alex, bist du da?«

»Ja!« Alexander erschien im Flur. »Christian, was liegt an?«

»Komm mit.« Er schob Alexander zum Ausgang, schnappte dessen Jacke vom Haken und beeilte sich Pia gegenüber schnell noch eine Erklärung abzugeben. »Ich muss mir deinen Liebsten mal ausleihen.«

»Was wird das?«, fragte Alexander, nachdem er ins Auto gestiegen war.

»Ich brauche jemanden zum Reden. Außerdem musst du mit mir einen Schlüssel auftreiben.«

»Einen Schlüssel? Hast du deinen verloren?«

»Einen Schlüssel für Lexi. Ich brauche irgendein Schmuckstück, das irgendwie und wenn auch nur im entferntesten nach einem Schlüssel aussieht. Ich kann ihr keinen Ring schenken. Es muss ein Schlüssel sein!«

»Ha, das ist witzig.« Alexander hieb mit der flachen Hand auf seinen Oberschenkel.

»Was ist daran witzig?«

»Weil ich letztes Jahr am Geburtstag von deiner Mutter ein sehr ernstes Gespräch mit Lexi geführt habe. – Nein, nicht was du denkst. Über Pia und darüber, dass ich nicht mit meinen Gefühlen für sie klarkam.«

»Und was hat das jetzt mit meinem Schlüssel zu tun?«
Christian sah ihn nur kurz an, dann konzentrierte er sich
auf den Kreisverkehr, den sie eben passierten.

»Weil ich Lexi in diesem Gespräch prophezeit habe, dass
irgendwann der Mann kommt, der den Schlüssel zu ihrem
Herzen besitzt.«

»Du siehst es also auch so, dass sie ihre wahren Gefühle
verschlossen hat.«

»Verrammelt träfe es eher. Klar sehen wir das so. Pia redet
auch ständig auf sie ein, dass sie sich endlich mal öffnen sollte.«

»Damit ist klar, dass ich diesen verdammten Schlüssel
auftreiben muss und wenn wir bis nach Pforzheim fahren.
Wie lange hast du Zeit?«, fragte Christian seinen Kumpel.

Der grinste breit. »So lange, wie es eben dauert!«

»Ich ruf dich zurück, Pia.« Alexandra beendete das Telefon-
gespräch. Sie stand in der geöffneten Haustür und starrte
Christian perplex an, der ein kleines, rechteckiges Päckchen
auf seiner Handfläche balancierte.

»Hatten wir nicht morgen ausgemacht?«, fragte sie
irritiert. Mit einer Hand stützte sie sich am Türrahmen ab
und musterte ihn so reserviert von oben bis unten, dass es
ihm eiskalt den Rücken runterlief. Er ahnte, sie dachte nicht
daran, es ihm leicht zu machen.

»Stimmt, aber ich muss mit dir reden. Heute – jetzt!«

»Wenn es unbedingt sein muss. Also, ich höre?«

»Hier? In der Tür?« Er starrte sie verblüfft an, aber sie machte keine Anstalten ihn hereinzubitten. »Also gut. Lexi, ich liebe dich. Ich halt das keinen Tag länger ohne dich aus«, platzte er heraus und strich sich frustriert über den Nacken, als Alexandra die Arme vor der Brust verschränkte. Sie wirkte alles andere als begeistert.

»Christian, das glaube ich dir inzwischen sogar. Chloé war hier und hat mir alles erklärt. Was ich aber nicht wirklich weiß – ist, ob ich bereit bin, dir wieder zu vertrauen.« Mit dieser Feststellung versetzte sie ihm einen Dämpfer.

»Nun …« Er kam ins Stocken und steckte das Päckchen zurück in seine Tasche.

»Also ich dachte …« Wieder brach er ab, ihr distanzierter Blick hatte sich keinen Deut verändert. »Ich hab wohl zu viel gedacht. Vergiss es.«

Er drehte sich auf dem Absatz um und wollte schon gehen, als er Alexandras Hand auf seinem Oberarm spürte. Erneut wandte er sich zu ihr, sie stand dicht vor ihm und hielt ihn zurück.

»Du liebst mich ja wirklich. Selbst auf die Gefahr hin, mich aufgeben zu müssen. Komm rein.« Damit zog sie ihn in den Flur und gab der Haustür einen Tritt. Mit einem lauten Knall krachte sie ins Schloss. Alexandra schien das gar nicht zu bemerken. Sie stand vor ihm und starrte ihn mit großen Augen an. Dann seufzte sie tief auf und ein Lächeln stahl sich in ihr Gesicht. Sie hob die Arme, um sie um seinen Hals zu legen. »Wag es bloß nicht, mich noch ein einziges Mal im Stich zu lassen oder mir irgendwas zu verschweigen.«

»Ich konnte dir doch nichts von Chloés Vergangenheit

erzählen. Alles andere wäre gelogen gewesen und irgendwann aufgeflogen.« Er neigte den Kopf und küsste sie lange und innig. Erleichterung durchflutete sein Herz, den ersten Riegel hatte er schon mal geknackt. Jetzt musste er Geduld bewahren, dann würde er sie zurückbekommen, dessen war er sich sicher, als er in ihre strahlenden Augen blickte.

»Ich hab da was für dich.« Er zog das kleine Päckchen wieder aus der Jackentasche und reichte es Alexandra. Sie nahm es und betrachtete es misstrauisch von allen Seiten.

»Ich möchte jetzt noch keinen Ring von dir. Ich brauche noch Zeit, Christian.«

»Motz nicht, guck erst rein.« Er strich ihr über die Wange.

Alexandra löste das Geschenkband und klappte den Deckel auf, dann schnappte sie nach Luft.

Er nahm ihr das Päckchen ab und holte mit dem Zeigefinger die lange Kette heraus, an deren Ende ein Schlüssel mit glitzernden Brillanten baumelte. Sprachlos starrte sie ihn an, während er den Verschluss öffnete und ihr die Kette um den Hals legte. Ehrfürchtig hob sie die Hand und strich darüber.

»Ich hoffe, dass dieser Schlüssel der passende für dein Herz ist. Ich verspreche dir hiermit feierlich, dass ich warte, bis du dir absolut sicher bist und dich zu nichts drängen werde. Trotzdem möchte ich dir sagen, dass ich dich immens bewundere. Ihr drei seid so eine verdammt gute, liebevolle Familie. Ich möchte so gerne irgendwann dazugehören!«

Alexandra nickte mit tränenverschleierten Augen, blinzelte eine Träne weg und strich nun zärtlich über seine Wange. »Ich denke, das lässt sich einrichten.«

Sie atmete mehrmals tief ein. »Mann, ich hatte alles

organisiert. Ich wollte dich morgen mit einem total sexy Kleid weichkochen, wenn wir sturmfreie Bude hätten. Und was ist nun?« Sie zog an ihrer Jogginghose und deutete an die Decke, wo ein lautstarkes Streitgespräch zu hören war. »Nicht sexy, nicht geschminkt, nicht gestylt und die Kids im Haus.«

»Ist mir egal.« Christian küsste sie erneut. »Ich nehme dich heute so und morgen eben anders.«

Alexandra kicherte und schmiegte sich an ihn. »Bleibst du wenigstens hier?«

»Du glaubst doch nicht, dass ich dich noch einmal alleine lasse, ohne dass es einen guten Grund dafür gibt.«

»Sehr guter Ansatz.«

Er grinste, als sie sich erneut an den Hals griff und das Schmuckstück bewunderte, dabei wurde ihr Gesichtsausdruck so weich und zufrieden, wie er es noch niemals an ihr gesehen hatte.

Es war spät geworden, Daniels und Nathalies Neugierde, warum er wieder hier war und wie es weiterging, musste erst gestillt werden, bevor schließlich Ruhe im Haus eingekehrt war.

Auch wenn sie es noch nicht zugab, Alexandra schmolz dahin, sobald er sie berührte. So auch jetzt. Sie lagen aneinandergeschmiegt in ihrem Bett und küssten und streichelten sich zärtlich, langsam und begehrlich.

Lange würde er es nicht mehr aushalten, aber er wollte, dass diese Nacht unvergesslich bleiben würde, also hielt er sich zurück und überließ ihr die Führung. Aber sie machte ihn mit ihren flinken Fingern zunehmend verrückt.

»Jetzt!«, raunte er in ihr Ohr und mit einem Stoßseufzer nahm sie ihn auf. Als er ihre Wärme spürte, wie sie sich an ihn schmiegte und ihn dabei mit ihren Händen fordernd an sich drückte, war es vorbei mit der Sanftheit. Er bewegte sich schneller und schneller, ihre Finger gruben sich mehr und mehr in seine Muskeln, dann kam sie und brach zu seinem Entsetzen gleichzeitig in Tränen aus.

Alexandra spürte, wie sich alles in ihr zusammenzog und der Höhepunkt kurz bevorstand. Eine Welle nach der anderen brandete durch ihren Körper. Ihr stiegen Tränen in die Augen und Erleichterung durchflutete sie.

Sie klammerte sich an Christian und spürte, wie auch er dem Höhepunkt immer näherkam, schneller wurde und schließlich sie beide über den Scheitelpunkt trug.

In Alexandra explodierte ein Feuerwerk an aufgestauten Emotionen, sie gab endgültig die Kontrolle auf und begann zu beben. Sie vergrub ihr Gesicht an Christians Schulter, der sich entsetzt mit ihr zur Seite rollte. »Lexi, Schatz. Was ist denn los?«

»Ich ... weiß ... nicht ... wieso ...« Alexandra wurde von einem Weinkrampf geschüttelt und schlang den Arm um seinen Hals. Alle Schleusen öffneten sich. Sie gab den Kampf auf und ließ dem Tränenstrom seinen Lauf. Aller Kummer,

Ängste und Sorgen, die sich jahrelang in ihr aufgestaut hatten, drängten an die Oberfläche und Alexandra konnte nur noch hilflos nach Luft schnappen.

»Endlich! Lass alles raus.« Christian hielt sie fest und sie schmiegte sich in seine starken Arme. »Du bist nicht mehr allein. Ich verspreche dir, ich lasse dich nie mehr alleine.«

Nach und nach wurde Alexandra ruhiger, der Tränenstrom wurde weniger und versiegte schließlich. Als sie, kurz bevor sie einschlief, wieder nach ihrer Kette tastete und über den Schlüssel strich, wusste er, dass dieser Schlüssel der richtige war.

Epilog

Alexandra warf Christian, der sich die ganze Zeit im Hintergrund gehalten hatte, einen strahlenden Blick zu, während sie sich vom Leiter des Observatoriums verabschiedete.

Christian war klar, dass sich jedes einzelne der Telefongespräche gelohnt hatte, die er im Vorfeld mit Texas hatte führen müssen, bis er den Direktor endgültig überzeugt hatte, für Alexandra eine Ausnahme zu machen und ihr exklusiv einen Tag lang das McDonald-Observatorium vorzustellen.

Sie lachte und gestikulierte wild mit den Händen, um ihre Worte zu unterstreichen.

Es waren ihre letzten Tage in Texas. Übermorgen würde es nach vier Wochen wieder nach Hause gehen. Er hatte ihr die Reise zum Geburtstag geschenkt, hatte dafür gesorgt, dass Nathalie und Daniel von seiner Mutter versorgt wurden. Und der Buchladen war ausnahmsweise geschlossen. Die Wochen waren wunderschön gewesen, doch leider viel zu schnell vorübergezogen.

Alexandra hatte sich seit ihrer Versöhnung verändert. Sie wirkte selbstbewusster und strahlte von innen heraus.

Allerdings wartete er noch immer sehnsüchtig auf die drei Worte, die sie bis heute nicht über die Lippen gebracht hatte.

Auch wenn er ihr in dieser einen Nacht versprochen hatte, ihr alle Zeit der Welt zu lassen, wurde er von Tag zu Tag ungeduldiger.

Diese Nacht, die er nie in seinem Leben vergessen würde. Er hätte niemals gedacht, dass ein Mensch so lange weinen konnte. Kaum hatte sie sich etwas beruhigt, war es wieder losgegangen, sobald sie sich erneut in ihrer Liebe und Leidenschaft verloren hatten. Alle Sorgen, alle Einsamkeit der letzten Jahre wurden Träne um Träne fortgespült. Erst als schon der nächste Tag dämmerte, hatte sie sich endgültig beruhigt und war in seinen Armen eingeschlafen.

Und war wie verwandelt aufgewacht – übermüdet, dennoch mit funkelnden Augen. Nach und nach war sie zu der alten Alexandra geworden, die er verlassen hatte, wenn auch reifer, weiblicher und noch liebreizender, sodass er sich kaum von ihr fernhalten konnte.

»Du bist erlöst.« Alexandra kam gemeinsam mit dem Direktor auf ihn zu und lachte ihn jetzt mit genau diesen funkelnden Augen an. Christian grinste und bedankte sich beim Institutsleiter, dann nahm er ihre Hand und gemeinsam verließen sie das Observatorium.

Draußen auf dem Parkplatz drehte sich Alexandra noch einmal um und betrachtete die Gebäude, die in zweitausendeinhundert Meter Höhe auf dem Mount Locke erbaut waren und in der Dunkelheit nur noch als graue Kuppeln zu erkennen waren.

Sie schlang die Arme um ihn und lehnte den Kopf an

seine Schulter. Er hatte ihr ihren sehnlichsten Wunsch erfüllt, einmal hier in diesem Observatorium zu stehen, erst die Sonne und später die Sterne beobachten zu können.

Sie war so glücklich mit ihm. Christian hatte sich nahtlos in die kleine Familie eingefügt und Daniel blühte mit einem Mann im Haushalt geradezu auf.

In dieser besonderen Nacht hatte sich in ihrem Inneren ein Tor geöffnet. In ihrem Hinterkopf hatte anfangs ständig eine Warnung getickt, die sie gebremst hatte, nicht zu übermütig zu werden. Doch Christian hatte mit seinen Zärtlichkeiten und seiner Liebe bewiesen, dass er es ernst meinte und erst Wochen später war ihr aufgegangen, dass sie gar nicht mehr an diese Warnung dachte, sondern nur dieses Glück mit ihm genoss, was immer das Leben auch bringen mochte.

Sie wusste, er wartete sehnlichst darauf, dass sie ihm genau dies sagen würde.

»Vielleicht solltest du dich mal erkundigen, ob du nicht doch dein Studium wieder aufnehmen könntest.«

Genau das war es! Alexandra seufzte unhörbar, er wusste einfach immer instinktiv, was in ihr vorging.

»In der Tat denke ich darüber seit einiger Zeit nach«, meinte sie nach einer Zeit des Schweigens. »Aber ich würde auch gern mehr schreiben. Sterne gegen Krimis.« Sie grinste. »Ich bin wirklich hin- und hergerissen.«

»Dann denk nicht nur, lass Taten folgen.« Christian zog sie näher. »Schreib endlich den Krimi fertig oder entscheide dich für das Universum.«

Er zeigte auf den Himmel. »Das da oben ist so unendlich. Und genauso unendlich sind unsere Möglichkeiten, aus unserem Leben etwas zu machen.« Er drehte sich zu ihr und sah ihr in die Augen. »Trau dich.«

Sie legte den Arm um seinen Hals und küsste ihn. »Das war so ein wunderschöner Urlaub, aber das heute toppt absolut noch einmal alles. Danke, Christian.«

Als er sie so glücklich anschaute, dass ihr vor Rührung die Kehle eng wurde, griff sie kurzentschlossen nach der Kette an ihrem Hals, an dem der Schlüssel hing, und fuchtelte damit vor seiner Nase herum.

»Der Schlüssel wäre gar nicht nötig gewesen.« Sie zog ihre Hand weg, als er danach greifen wollte. »Ich gebe ihn trotzdem nicht mehr her.«

Alexandra stellte sich auf die Zehenspitzen und küsste ihn.

»Der einzige Schlüssel, der passt, bist du selbst. Ich liebe dich, Christian.«

ENDE

»Ich geb' gern zu, dass ich oft träum ...«

Frei nach dem Text von Helene Fischer, leite ich diese Danksagung ein.

Ich hatte seit Jahren einen klaren Traum, wie die Geschichte verlaufen sollte, doch mir fehlte das medizinische Know-How. Die Recherchearbeit war mühsam und verlief meist im Sand. Doch dann kam Kommissar Zufall ins Spiel. Eine gute Bekannte erzählte mir, sie kenne eine Neurologin. Ich, sofort hellhörig geworden, gab ihr detaillierte Instruktionen und ... Tage später war der Kontakt zustande gekommen. Danke, Katrin!

So gilt dieses Mal mein erster Dank Doktor Monika Patzak, die sich geduldig der medizinischen Fakten angenommen hat. Sie hat den Operationsplot verbessert, geändert oder teilweise gestrichen und hat immer wieder tolle Vorschläge gemacht, wie man Nathalies Erkrankung und vor allem die Genesung so glaubhaft wie möglich darstellen konnte.

»Dazwischen gespukt« hat mir ein Interview mit Doktor Martin Schipplick, der mir für die Recherchen über die Notärztin Heidi Wartmann kostbare Stunden seiner Zeit geschenkt und mir tiefe Einblicke in seine Arbeit als Anästhesist und Notarzt gewährt hat. Seine Schilderung über seine Art mit Patienten über die Narkose zu reden, hat mich so nachhaltig beschäftigt, dass ich diese Szenen einbauen und dafür den Handlungsstrang komplett verändern musste. Ich danke Doktor Schipplick, dass er mich jetzt schon mehrfach empfangen und meine, oftmals sehr laienhaften, Fragen und Ausführungen so geduldig beantwortet hat.

Herrn Gottfried Reimann danke ich für die Überarbeitung der astronomischen Details und die Führung auf der Johannes-Kepler-Sternwarte, Weil der Stadt.

Meine Familie war wie immer der Ruhepol. Sie haben meinen Frust über Lexis Sturheit (ich wollte sie ganz anders »leiden« lassen) und die langwierigen Recherchen geduldig über sich ergehen lassen. Ich bin so dankbar, dass diese drei Jungs/Männer hinter mir stehen!

Wie immer kommen nun meine treuen Testleser Carla, Claudi, Gabi, Petra, Stefanie, Tatjana und Ursu dran, genannt zu werden. Auch sie mussten deutlich länger als geplant warten, waren aber wieder mit Feuereifer bei der Sache und teilweise sogar als Feuerwehr tätig (kurz vor Druck war mal wieder alles brandeilig)! Thanks a lot!

Auch dieses Mal hat sich mein kleines Stamm-Team bewährt. Das Cover stammt, wie alle bisherigen, aus der Feder von Corina Witte-Pflanz (ooografik.de) und für das Erst-Lektorat waren erneut meine Kolleginnen Susanne Feiner, Sonja Ganning und Ulrike Schmied verantwortlich. Für das Endlektorat konnte ich meine Autorenkollegin Ursula Hahnenberg gewinnen, die mit mir gemeinsam die Ausbildung bei Lea Korte macht und freiberuflich als Lektorin arbeitet.

Danke Euch allen, auf ein Neues in Band 3!

Danke an Lea Korte, bei der ich seit März 2013 meine Ausbildung zur Romanautorin vertiefe. Sie hat sich des Prologs angenommen und wertvolle Tipps beigesteuert. Auch sie gibt ihr Wissen als erfolgreiche Autorin weiter und wir »Newcomer« haben ihr viel zu verdanken!

AUTORIN

Gabi Schmid wuchs im Norden Stuttgarts auf, wohnt und arbeitet seit 1998 in Korntal-Münchingen. »Gleichklang« und »Touché« lauten die Titel ihrer ersten Romane, die 2013 und 2014 erschienen sind. Seit 2013 schreibt sie auch an der »Mittsingen-Reihe«. Mit dieser Reihe ist sie inzwischen weit über das Strohgäu hinaus bekannt.

Beim Joggen über die Felder entstehen ihre eigenen Geschichten oder sie malt sich in Gedanken das Layout für die Bücher ihrer Kunden aus. Als Layout-Schmiede der Büchermacherei ist sie Ansprechpartnerin für Buchsatz, E-Book-Erstellung und für Schulungen rund um die Themen Buchsatz und Selfpublishing. Sie hat die Ausbildung zur Freien Lektorin (ADM) absolviert und ist Mitglied im Verband der Freien Lektorinnen und Lektoren e.V. (VFLL).

Mehr Informationen findet man auf ihren Websites unter: buechermacherei.de | buchsatzkompass.de | gabi-schmid.de

Liste der Hauptdarsteller

Band 1 – Herbststürme
Pia Röcker, 26 Jahre alt, Fotografin
Alexander Pröhl, 28 Jahre alt, angehender Wirtschaftsprüfer
Tobias Pröhl, 10 Jahre alt, der Halbbruder von Pia und Alex
Marie Pröhl, Pias und Tobias' Mutter, Alexanders Stiefmutter
Fred Pröhl, Vater von Alexander und Tobias, Pias Stiefvater
Doktor Heidi Wartmann, Nachbarin, Kinderärztin und Leiterin der Hubschrauber-Rettungsstaffel am Kreiskrankenhaus Eschingen

Band 2 – Sternschnuppen-Regen
Alexandra Frey, 28 Jahre alt, Buchhändlerin. Sie zieht seit sechs Jahren ihre Geschwister Nathalie Frey, 16 Jahre alt, und Daniel Frey, 11 Jahre alt, auf.
Doktor Christian Wartmann, 32 Jahre alt, Neurochirurg am Kreiskrankenhaus Eschingen
Doktor Chloé Harrison, Anästhesistin und Christians (Ex-) Frau
Nia Klieber, Kriminalbeamtin und Europameisterin im Bouldern
... und alle weiteren Personen aus Band 1

Zwei gemeinsam verbrachte Nächte bedeuten nicht,
dass man eine Beziehung hat. Diese Erfahrung muss Tabea
machen, als sich Till nach seiner Abreise nach Dubai nicht
mehr meldet. Als aus Wochen Monate werden, trifft sie sich
mit Sven, der sich schon lange um sie bemüht.
Doch dann taucht Till wieder auf …

In **HITZESCHLACHT**, Band 3 der Romanreihe,
dreht sich alles um die Familienbande der beliebten
Charaktere, doch auch die Liebe kommt nicht zu kurz.

———

ISBN Taschenbuch: 978 3 8495 8406 1
Auch als E-Book bei Amazon erhältlich

GESCHICHTEN AUS DEM LEBEN …

www.gabi-schmid.de

FSC
www.fsc.org

MIX

Papier | Fördert
gute Waldnutzung

FSC® C083411

Zeitfracht Medien GmbH
Ferdinand-Jühlke-Straße 7
99095 Erfurt, Deutschland
produktsicherheit@kolibri360.de